SHORT CLASSICS
短经典精选

IN FREMDEN GÄRTEN

Peter Stamm

# 在陌生的花园里

〔瑞士〕彼得·施塔姆 著  陈巍 译

人民文学出版社
PEOPLE'S LITERATURE PUBLISHING HOUSE

著作权合同登记号　图字 01-2022-3320

IN FREMDEN GÄRTEN/BLITZEIS(IN STRANGE GARDENS)
ⓒ 2003 by Peter Stamm
First published under the original German title In fremden Gärten by Arche Verlag AG, Zürich-Hamburg, 2003
Blitzeis (Black Ice)
ⓒ 1999 by Peter Stamm
First published under the original German title Blitzeis by Arche Verlag AG, Zürich-Hamburg, 1999
Published in agreement with Liepman AG Literary Agency, through The Grayhawk Agency Ltd.
Simplified Chinese translation copyright ⓒ 2022 by Shanghai 99 Readers' Culture Co. Ltd. All rights reserved.

**图书在版编目(CIP)数据**

在陌生的花园里/(瑞士)彼得·施塔姆著;陈巍译.—北京:人民文学出版社,2022(2023.11 重印)
(短经典精选)
ISBN 978-7-02-017406-5

Ⅰ.①在… Ⅱ.①彼…②陈… Ⅲ.①短篇小说-小说集-瑞士-现代 Ⅳ.①I522.45

中国版本图书馆 CIP 数据核字(2022)第 153911 号

| 总 策 划 | 黄育海 |
| 责任编辑 | 朱卫净　周　展 |

| 出版发行 | 人民文学出版社 |
| 社　　址 | 北京市朝内大街 166 号 |
| 邮政编码 | 100705 |

| 印　　制 | 凸版艺彩(东莞)印刷有限公司 |
| 经　　销 | 全国新华书店等 |

| 开　　本 | 889 毫米×1194 毫米　1/32 |
| 印　　张 | 7.375 |
| 字　　数 | 135 千字 |
| 版　　次 | 2022 年 10 月北京第 1 版 |
| 印　　次 | 2023 年 11 月第 2 次印刷 |

| 书　　号 | 978-7-02-017406-5 |
| 定　　价 | 65.00 元 |

如有印装质量问题,请与本社图书销售中心调换。电话:010-65233595

# 目录

**薄冰**

005　冰潭之畔
010　漂浮物
029　郊区
035　每个人的权利
054　激情
070　最美的姑娘
072　我们力所能及的事
083　净土
097　薄冰

**在陌生的花园里**

119　看望
126　火墙
140　在陌生的花园里

| | |
|---|---|
| 148 | 整夜 |
| 153 | 像儿童,像天使 |
| 166 | 法朵 |
| 175 | 缺失的一切 |
| 188 | 停留 |
| 193 | 深沟 |
| 206 | 试验 |
| 215 | 吻 |

薄冰

而我不能谈论爱情,亲爱的,
我不能谈论爱情。
倘若有一件事我不能说出来
那件事就是爱情。

——埃瑟·马修斯

## 冰潭之畔

我二十岁那年，乘夜车从瑞士法语区回家。当时我在纳沙泰尔工作，只有回到位于图尔高州的我们村才有家的感觉。

不知哪个地方发生了火灾，反正迟到了半小时开来的不是日内瓦始发的快车，而是挂着老旧车厢的短途列车。列车在途中总在站外线停靠，我们这些乘客便掀开车窗，开始聊天。适逢暑假，车厢外飘来干草料的气味。有一次临时停车，周围大地异常安静，蟋蟀声不绝于耳。

我回到村里临近子夜。空气温热，我脱掉夹克，搭在手臂上。爸妈早睡了，屋子里漆黑一团，我在走廊上迅速丢下塞满脏衣服的运动包。真是一个难眠之夜。

几位好友聚在我们常去的饭馆前，大家还想再玩玩。警察局规定的打烊时间已过，饭店老板打发他们回家。我们站在大街上聊了一阵儿，直到一扇窗户后面传来数声怒吼：闭嘴，快滚开！这时乌尔斯的女友施苔芬妮说："为什么不去冰潭游泳呢？潭水暖和。"

大伙儿立刻出发了,我说,我去取单车,再跟上大伙。我回家里拿上泳裤和浴巾,然后骑车紧追众人。冰潭位于两座村庄间的洼地上,我在半途遇见了乌尔斯。

"施苔芬妮的车胎漏气了,"他朝我喊道,"我去拿补胎贴。"

没骑多久,我看见了施苔芬妮,她坐在斜坡之上。我跳下单车。

"等乌尔斯过来,还得等上一会儿,"我说,"要不然咱们先走吧!"

我们推上各自的单车缓慢走上山坡,冰潭位于山坡之后。我本来不怎么喜欢施苔芬妮,也许因为她与每个男生鬼混,也许出于嫉妒,自从她与乌尔斯相好之后,他们一直形影不离。而那天晚上我头一次与她相处,我们无拘无束,相谈甚欢。

施苔芬妮春季高中毕业,到秋天上大学前,在一家百货公司做收银员。她说起了商店的盗窃,我们村谁只买降价商品,谁买避孕套。我们笑了一路。来到冰潭边,其他人早已入水。我们赶紧脱掉衣服,我一见施苔芬妮没穿泳衣,也就没换泳裤,显得自然而然。夜空不见月影,只有繁星点点,山丘和水塘影影绰绰。

施苔芬妮跳入水中,朝我们几个伙伴的反向游去,我紧随其后。空气凉爽,草地湿润,而潭水却像白天那般温暖。我用双腿奋力击水,冰凉的湖水才高高溅起。我追上了施苔芬妮,齐排游了一阵儿。她问我在纳沙泰尔有没有女朋友,我否认了。

"来,我们朝船屋那儿游。"她说。

我们游到了船屋,回头张望,看见其他同伴游回了岸边,燃起一堆篝火。这个距离无法辨别乌尔斯是否也在其中。施苔芬妮攀上木桥,再从那里登上露台,我们小时候常常在那儿跳水。她仰面躺倒,喊我到她那儿去,她感觉冷。我躺倒在她身旁,她却说:"再靠近点,这样没用。"

我们在露台上躺了一会儿。月亮高高升起,月光皎洁,我们的身体在风化的灰色木板上投下阴影。附近的森林里传来了声音,我们不知道其中的含义,然后有人向船屋游来,乌尔斯随后喊道:"施苔芬妮,你们在那儿吗?"

施苔芬妮把手指搁在嘴边,让我别出声,拽着我躲到高高栏杆的阴影下。我们听见乌尔斯喘着粗气从水中上岸,在栏杆旁提裤子。他肯定站在我们头顶的上方,我不敢往上瞧,不敢动弹。

"你在干什么?"乌尔斯蹲在露台上,往下注视我们。他轻声地说,显得错愕,却没生气,然后对我说道。

"我们听见你游过来了。"我说。

"我们想躲起来给你一个惊喜。"

此刻,乌尔斯紧紧盯住露台中央,我也朝那儿望去,清晰可见施苔芬妮和我湿漉漉的身体留下的水迹,好像我们还躺在那儿。

"你为什么这样做?"乌尔斯问道。他又问了我一遍,仿佛根本没有发现他女友一动不动地蜷缩在阴影里。然后他站起身,走了两步登上我们上方的栏杆,大喊一声,跳进黑漆漆的潭水。在水花四溅之前,我听到了一声沉闷的撞击。我跳起来,朝水面望去。

在露台上跳水非常危险。水里有木桩,一直延伸到水面。我们小时候就知道木桩的位置。乌尔斯漂浮在我们下方的水中,身体在月光下显得特别惨白,站在我身旁的施苔芬妮说道:"他死了。"

我小心翼翼地从露台跳到木桥上,抓住乌尔斯的腿拖到我身边。施苔芬妮从露台上跳入水中,飞速地朝朋友们所在的岸边游去。我把乌尔斯从水里拽过来,拖上窄窄的木桥。他的脑袋撞开了一个可怕的口子。

我感觉我始终坐在他身旁。不知何时来了一名警察,递给我一床毛毯,我方才感到瑟瑟发抖。警察把我和施苔芬妮带到警所,我们陈述了事件经过,唯独不提我们在露台上干的事。警官非常友善,天亮时分送我们回家。爸妈为此忧心忡忡。

我在乌尔斯的葬礼上见过施苔芬妮。其他的朋友也来了,大家没有说话。后来在我们时常光顾的酒馆大家才开口,但是并未聊起那天晚上发生的事情。我们喝着啤酒,一个同伴——我记不清是哪位了——说,施苔芬妮没再来过让他一点都不遗憾。自从她出现在我们面前,大伙儿都无法好好说话了。

几个月后我获悉施苔芬妮怀孕了。此后,我周末经常待在纳沙泰尔,甚至动手洗衣服了。

## 漂浮物

> 我主原谅这些将虚假光芒投射在岩顶的手。
>
> ——约翰·格林里夫·惠蒂埃

我不知道有没有拨对号码。电话应答器只能听见古典音乐，然后才是振铃声，再后则是录音期间满怀期待的宁静。我又拨了一遍。音乐声再度响起，我留了言。半小时后洛塔打电话过来。直到我们后来关系变得更熟络，她才向我提起约瑟夫，此人正是她不对着应答器说话的原因。她不想让约瑟夫知道她回到了城里。

洛塔是一位芬兰女子，住在曼哈顿岛西边的村子里。我当时想租一套公寓，有一位房地产代理商告诉我洛塔的电话号码。

"我如果没活可干，就得出租公寓。"洛塔说。

"你住到哪儿呢？"我问。

"大多在朋友那儿，"她说，"这一次我没有找到人。你知道一个适合的住处吗？"

公寓足够宽敞,我建议她留下。她随即同意了。

"你不要直接接听电话,"她说,"得等一等,弄清楚谁打来的。你要打电话,喊我一声。我会立刻关掉应答器。"

"我头一次给你打电话时,你在家里吧?"我问。

"在呀。"她说。

洛塔住在十一号大街的一幢旧房子的四楼。公寓内昏暗无比,家具、床铺、地毯全都漆黑一团。几盆干枯的仙人掌放在面积不大的铁艺阳台上,阳台面向后院。洛塔床边的五斗橱和放着电话应答器的玻璃桌上的贝壳和珊瑚落满灰尘。少数的几套灯具安装了红绿色灯泡,让夜里的每个房间都笼罩在奇怪的光线下,好像浸在水底下。

我那天去看房,洛塔竟然身披睡衣走到门口,尽管已是中午了。她领我看了一遍房间,立刻钻回床上。我问她有无生病,她摇摇头,自称只是喜欢睡觉。

从我们合租开始,她从未在中午前起过床,大多时间还比我睡得早。她非常喜欢看书、喝咖啡,我发现她几乎不吃饭,好像只靠咖啡和巧克力生活。"你必须吃得更健康些,"我说,"这样就不会感到疲倦了。"

"我喜欢睡觉。"她说着,笑了。

此外,与我们共同生活的还有一只小黑猫,是洛塔获赠的礼物,名叫罗密欧。罗密欧是一只母猫,名字却没改。

十月份,我约见了两位在银行就职的老朋友维尔纳和格雷厄姆。我建议大伙去海边过一个长长的周末。格雷厄姆说,我们可以搭他的车。我邀请洛塔一同前往。星期五一大早我们就出发了,目的地是布洛克岛,一座位于纽约以东数百公里的小岛。

到了皇后区,我们第一次停车。因为出发时耽搁了,没吃早餐。我们便在主路旁的小吃摊买了热狗享用,洛塔只喝咖啡。距我们不远的十字路口站着一个黑人,他手捧纸板盒,里面是真空包装的肉制品。红灯一亮,他从一辆车走向另一辆车,兜售他的食品。他看见了我们,便拿着一袋肉食朝我们跑过来。我们交谈了一会儿,他的法语比英语好,我们问他为何流落到了皇后区。他回应了我们所有的玩笑,最终还是期待我们能从他那儿购买食物。汽车启动,他还在微笑,高高举起肉制品,朝我们喊着我们听不懂的话。

当天,我们乘坐最后一班渡轮抵达布洛克岛。我们将开来的汽车停在陆地上一块空荡荡的停车场上。摆渡花了两小时,尽管天气很冷,维尔纳却始终站在外面的船舷旁。我们其他人坐在咖啡厅内,船上几乎没有乘客。

小岛的港口附近坐落着一家破败的青年风格大酒店。我们在距此不远的一幢刷得亮白的木房内找到一家简易民宿。不言而喻,洛塔与我共住一个房间。

海上刮来一阵阵强风,我们仍然决定晚饭前外出散步。海滩旁是一条灰色风化木头铺成的游步道,一直延伸到村外突然消失了,我们只好继续走在沙子上。

维尔纳和我并排前行,他沉默寡言。格雷厄姆和洛塔脱掉鞋,在海边寻找贝壳,他们很快就落在后面。我们只能偶尔听见一声喊叫,有时洛塔的大笑穿透了浪涛声。

走了一会儿,我与维尔纳坐到沙子上,等着另外两人。逆光下我们看到闪亮的海水前衬托着他们的黑色剪影。

"他们那么长时间在干什么?"我问道。

"找贝壳,"维尔纳平静地说,"我们走了很远。"

我爬上了沙丘,回头望去。沙子灌入我鞋内,我脱掉鞋子。村庄位于远处。有几幢房子亮起了灯火。我往回走,维尔纳却走到了海边。洛塔和格雷厄姆坐在沙丘背风面。他们又穿好了鞋子。我坐到他们的身旁,大家默默注视着大海,观看维尔纳向大海投掷贝壳或石头。海风卷起沙子吹过海滩。

"我冷死了。"洛塔说道。

返回途中,我与洛塔并肩同行,我帮她捧着捡来的贝壳,将我两只鞋子的鞋带打节,挂在肩膀上。沙子冰凉。格雷厄姆在前面跑,维尔纳隔了一段距离,跟在我们身后。

"格雷厄姆和蔼友善。"洛塔说。

"他们在一家银行工作，"我说，"他和维尔纳，他俩都不错。"

"他几岁？"

"我们都是同龄人。我们一块儿上学。"

洛塔聊起了故乡芬兰。她在一座农庄长大，赫尔辛基以北。她父亲饲养公牛。她很早就离家求学，先去了柏林，然后是伦敦、佛罗伦萨。最后，大约四五年前来到了纽约。

"上个圣诞节我去看望父母。多年来是第一次。我父亲身体不太好。我开始想留下来，但是五月份我又回来了，"她迟疑地说道，"其实我只是因为约瑟夫才离开的。"

"你到底与约瑟夫是什么关系？难道你们是情侣吗？"

洛塔耸耸肩。"一段漫长的故事。下次再告诉你。"

快走到村子前头，我们回头眺望维尔纳。他远远落在后面，紧贴海水，缓步前行。他看见我们正在等他，才挥挥手，朝我们这边快步走来。

我们走入一家海鲜小餐馆。洛塔说，她是素食者，格雷厄姆却说，鱼她还是可以吃的。我们邀请了她，所有端上来的食物她都品尝了一番，但没喝葡萄酒。

洛塔沉默不语，我与格雷厄姆有时说起了母语。维尔纳没有说话，洛塔似乎也没受到打扰。她慢慢咀嚼，全神贯注，仿佛得唤起记忆中的每个动作。她发现我在观察她,朝我一笑,我移开目光,她才继续吃。

晚上,洛塔穿了一件玫瑰色睡衣,上面绣有泰迪熊。她金黄色的头发剪短了。她有三十来岁,却像个小孩。她仰面躺倒,被子拉至下巴处。我用手撑着脑袋,仔细打量她。

"你想一直待在纽约吗?"我问。

"不,"洛塔说,"我不喜欢这里的气候。"

"芬兰的气候也不比这里好。"我说。

"我在老家又感觉太冷了。我喜欢特立尼达。我在那儿有朋友。"

"你朋友真多。"

"是啊!"洛塔说。

"现在你又增添了几位瑞士朋友。"

"我想在特立尼达开一间小商店,"她说,"化妆品、胶卷、阿司匹林等等。从这里直接进口。那里没这些物品,要么太贵了。"

"特立尼达人说英语吗?"我问。

"我觉得说……我朋友说英语……那里的气候始终那么炎热。"

楼下驶过一辆汽车。汽车车灯的灯光透过百叶窗射进来,移到天花板上,紧贴我们的床的上方忽然消失了。

"你非常自由啊。"我说道。然而洛塔已经睡着了。

我们约了格雷厄姆和维尔纳吃早饭。

"你们睡得好吗?"格雷厄姆冷笑道。

"我喜欢在床上听大海。"我说道。

"我累了。"洛塔说。

维尔纳默默地吃饭。

中午前开始下雨,我们走入地方博物馆。馆舍设在一个白色小仓库内。博物馆里介绍布洛克岛历史的内容并不多。从前一位名叫布洛克的荷兰人发现了这座小岛。随后大陆的移民来到这里。后来就没有发生过什么大事。

带我们参观博物馆的老人,向我们讲起岛屿前的礁石上无数搁浅的船只。过去这里的岛民,与其说靠渔业,不如说以海边搁浅的货物为生。

"他们借礁石上的伪火吸引船只。"导游说道,哈哈大笑。如今全岛依靠旅游业。夏季每艘渡轮满载游泳的客人。许多纽约富人在岛上购置了夏季度假屋,那些年在布洛克岛上拥有一幢房子是身份的象征,现如今许多富人则飞往加勒比地区。

"这里变得更安静了,"导游说,"我们无法抱怨。船只不再搁浅了,但仍有各种各样的物品漂到岸边。"

洛塔问导游是不是渔民。

"我是房屋中介,"他说,"您无法想象,这里漂来的物品。"

他笑了,我也不知道什么原因。

之后,我们又去海滩边。洛塔开始捡贝壳。我们几个坐下抽烟。格雷厄姆用一只破碎的蟹钳在细沙里挖了一个洞,紧贴地表的沙子潮湿地黏在了一起。

"还有呢,"我说,"我说了什么?她非常和善。"

维尔纳沉默了。格雷厄姆笑道:"我们没有与她同睡一张床。"

"听听看:同睡一张床。说说看,你咋想的?"

"今天晚上轮到我了,"格雷厄姆讪笑道,"明天轮到维尔纳。但是这家伙不干这事。"

我说,他是一头蠢驴。维尔纳说:"闭嘴!"他起身,离开我们,往下走向海边。洛塔返回时双手捧满了贝壳。她坐在我们身旁的沙子上,摊开她的"猎物",仔细用手指擦拭。格雷厄姆从洛塔大腿间的存货中拿起一只象拔蚌,观察了很久。

"大自然的造化鬼斧神工,"他说,然后笑了,"怎么会是这样呢?您根本无法想象,漂到这儿是什么玩意。"

中午的渡轮又送来几位旅客,他们很快四散开来,消失得无影无踪,村子很快恢复了宁静。我们坐在一家咖啡店的露台上吃饭。

"你现在怎么样啦?"我问道。

"我累了,"洛塔说,"我想躺上一个小时。"

格雷厄姆开始寻找一份报纸，维尔纳说，他去一下海边。我和洛塔踱着步返回了酒店。

我们房间的床收拾过了，窗户完全敞开。洛塔关好窗，放下百叶窗。她躺倒在床上。我在地板上席地而坐，靠在床边。

"可怜的小罗密欧在干什么？"洛塔问，"我非常想念它。"

"它会好的。"

"你还不躺下吗？"

"我不累。"

"我能一直酣睡。"洛塔说。

下午我们骑自行车，去小岛的南面参观帕拉丁坟墓。十六名荷兰人，在小岛旁著名的帕拉丁幸存下来，据说也葬在那儿。

"他们得以幸存，为什么还要葬在那里。"洛塔问。

"活埋。"格雷厄姆说。

维尔纳笑了。

"在十六世纪。"我说。

"而为什么要埋在一起呢？"洛塔问，"仅仅因为在同一艘船上待过吗？"

"也许是因为他们共同获救，"我说，"有关联。"

我们在那儿发现了一块生锈的路牌，却没能找到坟墓。我们在草地上遇到了一位男子，他也不知道坟墓的位置。他甚至从来都没有听说过此事。我们只好失望地打道回府。

"我反正不喜欢墓地。"洛塔说。

我迎风骑行,直到天色变暗,才回到酒店。我们喝了啤酒。洛塔打电话给她的女邻居,询问小猫的情况。

"一切正常。"她再次回来时说道。

"维尔纳下周将满三十岁了,"我对洛塔说,"我们想给他开一个生日聚会。"

"那么你是水瓶座,"她说,"约瑟夫也是水瓶座。"

维尔纳点点头。他说,他不想办生日聚会。

"谁是约瑟夫?"格雷厄姆问道,"约瑟夫和玛利亚?"

"约瑟夫与洛塔。"我说。

"一个朋友。"洛塔说。

"水瓶座。"格雷厄姆嘀咕道,翻着他的报纸。然后他读道:"您必须决定,从实际考虑出发。维持新关系您不应该感到痛苦。快乐时光即将来临。"

"这个星座不错。"洛塔说。

维尔纳笑了。一种罕见的、嘲讽的笑。我与格雷厄姆也笑了,但是洛塔只微微一笑,一只手搭在维尔纳的胳膊上。

"不错,"她说,"来,我们去散步。"

他们站起来,我们相约一小时后到前天晚上去过的海鲜饭店会面。维尔纳挺直了身子走路,像一个病人缓步前行。看上去他似乎不能活动。洛塔挽住他的胳膊,好像是牵住维尔纳往前走下海滩。

"还有什么,"我们沉默良久后,格雷厄姆问道,"她怎么啦?"

"你怎么看呢?"

"别装无辜。你为什么带上她呢?"

"她是个有点怪的女人,"我说,"你不觉得吗?"

格雷厄姆咧嘴道:"女人就是女人。"

"不,"我说,"我喜欢她。我喜欢与她在一起。"

"你怎么看,我们三人中谁最喜欢她?"格雷厄姆问。

"我相信,你是这里唯一迷恋她的人。"

"这样啊,我喜欢她疲倦的样子。她们躺在床上十分迷人。我熟悉这类人。"

"我亲爱的朋友,多想一想你的太太吧!"

"我在度假,你以为我到这来捡贝壳吗?"

"维尔纳会说什么呢?"我问。

"什么都没说。他什么话都不说。我还没有见过他那么沉默寡言,像一条鱼那般不说话。"

我们喝干了各自的啤酒。格雷厄姆说,他得去打个电话,我坐在民宿门厅的一个沙发椅上,翻看一本《渔夫季刊》。

洛塔没来吃晚饭。维尔纳独自来到餐桌旁,向我们解释她累了。吃饭时他还是一声不吭,而他前几天的严肃不见了,有时候放下刀叉,独自静静地微笑。

"我们这是恋爱了吗?"格雷厄姆嘲讽地问道。

"没有。"维尔纳简短地回答,没有显得不友善。然后,他静静地吃饭。喝咖啡时提及他想明天去看看小岛南部的石灰岩。

"那个地方多半位于帕拉丁坟墓附近,"我说,"又走一遍老路。"

格雷厄姆也没兴致第二次骑车横穿全岛。

"就为了看几块石灰岩。石灰岩在欧洲随处可见,英格兰、布列塔尼半岛、爱尔兰都有分布。"

但是维尔纳毫不动摇,只说了一声:"你们不想去。"

子夜时分维尔纳去睡觉。格雷厄姆和我坐了很久。我们确实喝多了,格雷厄姆告诉我,他妻子搬走了,如今住在她的英语教师家里。

"她还没有获得工作许可,"他说,"她想要一个孩子,但没有成功。她闷得慌。"

我对格雷厄姆产生了怜悯。这时才意识到,我不怎么喜欢他。我说,我累了,想上床睡觉。他点了两杯啤酒,但我起身离开了。

我走入房间,洛塔好像入睡了。她呼吸响亮,且不均匀。我脱掉衣服,把窗户打开一条缝,在她身旁躺下。我谛听着她的呼吸和大海的波涛声，很快进入了梦乡。第二天早晨有人狠狠敲门，我才醒来，立刻发现洛塔不在室内，却没多往那方面想。临近中午，格雷厄姆站在房间外面。

"维尔纳走了。"他说。

"洛塔也跑了，"我说，"也许他们在吃早餐。"

"没有，"格雷厄姆说，"我到楼下查看过。"

我们在民宿吃早饭。

"也许他们去了海边，"我说，"或者去看石灰岩。"

"他们没有借自行车，"格雷厄姆说，"步行去石灰岩起码需要两小时。"

我俩都很生气。维尔纳和洛塔临近中午还没有回来，我们借了自行车，朝南面骑去。可是有两条路，如果洛塔和维尔纳步行，他们可以去任何地方。两小时后，我们又回到民宿。

"他们返程时也许遇到什么情况。"格雷厄姆说。

前台的服务员招呼我们到她跟前。她说，我们现在得整理房间。我们外出时，那两个朋友已经走了。他们留了信息。她递给我们一张纸条，上面是洛塔的笔迹：我们不想造成麻烦，只想单独回家。她和维尔纳走了另一条路。

"你的芬兰女友不挑食，我并不奇怪，"格雷厄姆说，"而她跟维尔纳走了……"

"我难以想象他们为何离开，"我说，"我们一起度过了美好的时光。"

"维尔纳赢了，"格雷厄姆说，"就这样简单。"

"她是自由人，"我说，"她能够跟她喜欢的人走。"

下一班去大陆的轮渡出发前，我们恰好有时间收拾行李。

轮船摆渡时狂风大作，异常寒冷。我们来到汽车旁，整个天空乌云密布。我们驱车出发没有过多久，便开始下雨。我们不太交谈。格雷厄姆生气了，车开得飞快。他说，他很快就会返回瑞士，美国让他受够了，他的妻子不管幸福或者恶心都必须同行，她的生计永远要依靠他的收入。

车子开到桥港附近，我们在一个加油站内停车，我尝试联系维尔纳，然后联系洛塔。但维尔纳不在家，洛塔的电话只在放音乐，好像什么事都没有发生。电话振铃后我大声喊道："洛塔，你在家吗？洛塔！"

我想象着我的声音穿过空荡荡的房屋发出回响，我感觉自己真好笑，挂掉了电话。

我们驶过布朗克斯区，直接前往格雷厄姆住的皇后区。我随他走上楼。房子没有收拾，厨房满是弄脏的餐具。格雷厄姆在细听应答器的同时，我负责煮咖啡。录音带上可以听见激动的声音，但是水烧开时发出的蜂鸣声弄得我没有听见任何重要的信息。我走入起居室，格雷厄姆正垂头丧气地坐在沙发上，听筒紧贴耳朵。我斟好咖啡，格雷厄姆说了几遍"对，对"，然后表示感谢，挂掉了电话。

"维尔纳自杀了，"他说，"在我们星期五出发前，他写好了告别信。他的女房东，有公寓的钥匙，昨天从公寓内获悉他的情况。下雨了，她说，她想看看窗户有没有关好。"

他向我讲述了完整的和不紧要的故事，他好像害怕安静。

"诀别信放在餐桌上。女房东懂点德语，她来自匈牙利，明白了信里最重要的内容。但是她不知道我们在哪儿。她在电话机旁发现了我的号码，还给其他几个人打过电话。"

"但是洛塔，"我说，"她肯定没有……她也写道，我们不必担忧，他们选择了另一条路……"

格雷厄姆耸耸肩。

"你认为，他想……他想从岩石上跳下去吗？"我问，"我不相信，他不是一个浪漫主义者。"

"他肯定也没有手枪。"格雷厄姆说。

"我们现在应该怎么办呢？"我问。

"我不知道，"他说，"起草一份失踪报告又太早了。"

他想送我进城，我却说，他应该守在电话机旁边。我没有兴趣说话，想独处一会儿。桌子上的两杯咖啡还没有人碰过。

地铁站几乎没有人。我不得不等了一刻钟，一辆地铁才开过来。地铁接近曼哈顿，车厢内乘客慢慢多起来。我比往常提前一站下车，最后一段路步行回家。没有下雨，但是道路一直湿滑。我在社区的超市里买了啤酒和一块三明治。

我打开房门时听见洛塔的声音。电话应答器仍在工作，录下了声音。我想拿起听筒，与她通电话，但我还是站住了，仔细倾听……

"家具属于约瑟夫，罗密欧……罗伯特，请照管罗密欧。它太小了，答应我，罗密欧不会出什么事。你也可以待在公寓里。你得与约瑟夫协商。告诉他，你给房产中介付了钱。"

一阵寂静。

"我相信，说好了，再见，别生我们的气。再见，格雷厄姆，再见罗伯特。"

她轻声说道："你还想说什么？"

我听见维尔纳简短而明确的声音："不想。"然后咔嚓一声，电话挂掉了。我想象洛塔朝维尔纳转过身，在公交车站旁或者餐厅的某个地方，维尔纳冲洛塔微笑，一块儿离去，消失得无影无踪。我想到，我错过了与她交谈的最后一次机会，起码我还能与他们告别。

我把磁带倒回来，细听了一遍。

"两条消息。"一个人工语音说道。然后是我的声音："洛塔，你在家吗？洛塔！"听上去神经质，气呼呼的。咔嚓，两声，然后洛塔说道："喂？有人在吗？喂，罗伯特，喂！"她叹息道，然后说，"好吧！你们已经上路了。那好，我在餐厅里给你们打电话。我们在……我们在哪儿？"我听到她的嘀咕声。

"我们在费城附近。我和维尔纳在一起。我们走了。维尔纳想……维尔纳在公寓留了一封信。但是他写的内容失效了。我们走了。他所有都安排妥当了。你们若发现这封信，会理解的。我这儿没有太多事情要办。罗伯特？如果你听到这些，请给约瑟夫打电话。他知道一切。他的电话号码你可以在电话旁边的目录上找到。我很快回一趟公寓，取一些东西。其他的我就不要了。家具属于约瑟夫……"

我关掉应答器，打电话给格雷厄姆。我们简单聊了聊。我拿起啤酒，罗密欧走入厨房。我在冰箱里发现了牛奶。包装上印有"你知道你的孩子在哪儿吗？"的问话，下面印着照片和一条失踪儿童的通缉令。

牛奶发酸，我倒掉了。在一只抽屉内我找到一盒猫粮。我打开电视机，躺在沙发上，喝起了啤酒。

几天过后我打电话给约瑟夫，请求见个面。我说，我是洛塔的朋友。他清了清嗓子，说道，我们可以在范戴姆大街与哈德逊大街拐角他的餐厅里见面。

次日上午我去了那儿。饭店光线昏暗，没有客人。在房间后边的一张餐桌旁只坐着一位粗壮的小个子男人，正在读报。他前额秃顶，也许只有五十来岁。我走到桌旁，他站起来，向我伸出手。

"您肯定是罗伯特。很高兴认识你。我是约瑟夫。您从洛塔那儿给我带来了什么？"

他请我入座。绕到吧台后面，取了一杯咖啡。

"我是洛塔的租客。"我说。

他笑了。"牛奶和糖？——她这样做并不奇怪。"

"黑咖啡就好，"我说，"她与我一位朋友私奔了，没人知道去了哪里。"

约瑟夫坐在我对面。"这幢房子属于我，"他说，"洛塔没有付房租。别那么看我。我没有结婚。"

"我们之间也没发生什么，"我说，"我们只是同住在一套公寓内。"

"我不觉得奇怪，"约瑟夫说，"洛塔是那些流浪寄生虫中的一员。在纽约聚集了大量这样的人。他们取他们所需，从来不予回报。"

"我一直希望像她那样生活，"我说，"我喜欢她，她招人喜爱。"

"当然了，您怎么看待我让她免费居住呢？"

我笑了,他也微微一笑。

"您要在公寓里待多久?"

"还剩三周。我支付了房租。我有收据。"

"甭担心,只要您愿意,您可以留下。"

"洛塔的物品如何处理?"我问,"她说,她不要这些玩意了。"

"您只需保留所有的物品,"他说,"她总有一天会回来。"

# 郊　区

我去朋友家欢度了圣诞夜。当天下午他们就开了一瓶香槟,我提前返回住处,因为我喝高了,头痛欲裂。我住在皇后区西边一间小工作室内。早上电话铃声唤醒了我。爸妈从瑞士打电话过来,祝我圣诞快乐。谈话时间不长,我们不知道能聊什么。户外细雨纷飞,我煮好了一杯咖啡,开始阅读。

到了下午,我外出散步。自从搬到这儿之后,我还是第一次出城,去郊外看看。我踏上皇后大道,朝东走去。宽阔笔直的大街穿过几乎相同的街区。有时候商店连商店。我产生了一种印象,身居某一个中心,然后走入了遍布出租屋或破旧小排屋的社区。经过一座大桥,桥下横卧着一条杂草丛生的旧铁轨。接着是一块围着篱笆、堆满瓦砾与垃圾的地界,还有一个没有交通信号灯的十字路口。然后我再次走向几座商店和一个路口,上方有一条轻轨线,仿佛是一座屋顶。橱窗内的圣诞装饰和挂在街上被风雨弄乱的金银丝带如同年代久远的文物。

雨势减退了。我站在街角,点了一支烟。我不知道该不该走下去。这时一个年轻女郎跟我攀谈,向我借火。她说,今天是她生日。假如我有二十美元,我们能买些东西,小小庆祝一下。

"对不起,"我说,"我没那么多钱。"

她说道,不要紧,我只需在这儿等她。她去买,再回来。

"真稀罕,你圣诞节过生日。"

"是呀,"她说道,好像她也不相信,"但千真万确。"

她沿大街往前走去,我知道她不会回来。我知道今天不是她生日。然而,我若带够了钱,我愿意与她同行。我抽完了烟,点燃了第二支。然后开始往回走。

在马路对面我看到一间酒吧,便走进去,要了一瓶啤酒。

"你是法国人吗?"我身旁有一个男子问,"我叫狄兰,和著名的诗人狄兰·托马斯一样,"他说,"光明绽放在没有阳光的地方。"

"你……"狄兰问道,"你曾经读过一首女人写给男人的情诗吗?"

"没有,"我说,"我不读诗。"

"我告诉你,这是一个错误。你能在那里找到一切。在诗中,一切皆在其中。"

他起身,下楼上厕所。回来后,又坐到我身旁,一只胳膊搂住我肩膀,说:"并非唯一。女人不爱男人,相信我。"

酒保给了我一个暗示,我没弄明白。狄兰从口袋里掏出一本磨损的书,举过我们头顶。

"《英语中的不朽诗篇》,"他说,"这是我的《圣经》。"

书中插满肮脏的小纸条。狄兰打开其中一处。

"请听,女人如何爱男人。"他说道,然后朗读:"伊丽莎白·巴雷特·勃朗宁女士:我多么爱你,让我数数多少条路……没有一个词涉及'他',勃朗宁女士只描述了她多么爱他,她的爱情多么壮丽。另一首……"

一个老头在我耳畔嘀咕道:"他始终如此。"然后他同先前的酒保一样发出相同的暗示。我开始明白了,可我有些醉了,不想离开。我只微笑着,再次朝狄兰转过身。

"勃朗特女士,"他说,"还有她! 地球上的寒冷,厚厚的积雪堆积在你之上! 移得远点……就这样开始了,然后她描写了她的痛苦。男人没起任何作用。要么这儿……罗塞蒂女士:我的心像一只会唱歌的鸟……我的心像一棵苹果树……就这样继续直到最后一行,写道:因为我的爱来到我身边。你称之为爱情? 一个恋爱之人这么写吗? 对,一个爱上自己的人。"

他挪开这本书,再次用短胳膊搂住我肩膀。

"女人的爱情,我的朋友……不存在,她们爱我们像爱孩子,像一位创造者爱其创造物。可我们很难在神那里获得和平,却能在女人这里寻得安宁。"

"那么上帝是女人吗?"我问。

"当然,"狄兰说,"耶稣就是她女儿。"

"你就是他姐妹。"酒保说。

"我不喜欢长胡子的女人。"我旁边的老头喃喃自语道。

我们沉默了。

"男同性恋全都下地狱去吧!"老头说。

"我不会按照这个标准讨论,"狄兰生气地说道,靠得我更近,仿佛想寻求保护,"我们,我们讨论诗歌,这位年轻人并没有像你们这群蠢人那样的偏见。"

"下一轮上房去。"酒吧侍者说道,在身后的立体声音响插入一盒圣诞节歌曲磁带。

"天赐愉快!"哈里·贝拉方特唱道。

"哦,"邻桌的一位年轻男子怪声怪气地唱道,"和弥撒黑弥撒鹅湖喔……"

酒保将一杯啤酒放在我们面前的吧台上。我确实喝醉了,举起酒杯说:"诗歌万岁!"

"瞧,之后不要说我没有警告过你。"老头说。

"读一读男人写给女人的诗。"狄兰说道,开始背诵:"她宛如一顶田野里的绸帐,正午,阳光明媚的夏季微风吹干了露水……"

他似乎被感动了，沉默着紧盯肮脏的地面，若有所思地摇晃脑袋。

"女人说，我是浪漫的，像她们想说的，我是一个美国女人，"他继续说，"她们喜欢这样，如果你说，你真漂亮，你双眸像阳光般明媚，你的双唇艳丽如珊瑚，你的乳房洁白似雪。她们相信，她们是浪漫的，因为她们喜欢这样，如果男人爱慕她们。"

我不想反驳，他接着说："我只为你睁开眼睛，请你别被女人捉弄。她们用所有的赘肉引诱你。如果你上钩，她们会敲碎你的脑壳，把你吃掉。"

我笑了。

"你让我想起一个人。"狄兰说。

"一个朋友吗？"我问。

"一个非常好的朋友，他已经死了。"

我去上厕所。

"我没钱乘公共汽车。"我说。

"我送你回家吧。"狄兰说。

我感觉，外面的天多半黑了。可我从酒吧出来，适逢明亮的下午。雨已停下来，天空仍然被乌云笼罩，但低垂的太阳从云层下面钻了出来。淋湿的房屋、树木和汽车银光闪闪，投下长长的阴影。狄兰的车停在皇后大道，他驾车拐入一条支路。

"我不想在这儿下车,"我说,"开错路了。"

狄兰笑了。"你害怕我吗?"他问。

我沉默了。

"我只是掉了个头,"他说,"你在女人面前也这样恐惧吗?"

"我不知道……我没想过。"

我们默默地驶往曼哈顿。我步行的距离比我想象的要少很多。"我在这儿下车,"我说,"最后一段路,我自己走。"

我下了车,绕车走了一圈。狄兰摇下窗玻璃,把手递给我。

"谢谢您送我回家,"我说,"感谢您请喝啤酒。"

狄兰没有松开我的手,直到我盯住他的眼睛,然后他说了声:"感谢这个美好的下午。"

我穿过大街,他在身后冲我高喊:"圣诞快乐!"

## 每个人的权利

我们躺在这儿，我们东方的和平醒来。
没有回声，没有阴影，没有反射。

——亨利·里德

透过树林的缝隙，我看到莫妮卡的黄雨衣。她喊我的时候，我刚刚在炉子上搁上泡咖啡的水。此地的森林茂密，地面上落满树杈，我一踩就折断了。我只能吃力前行，走了几米后，裤子和手都涂满了一层湿湿的苔藓和水藻。

"安静。"我刚靠近，莫妮卡便轻声说道。然后我看见米歇尔蜷缩着躺在地上。"他怎么啦？"我听见他猛烈地呼吸，问道。

"他看到我，扭头就跑，然后摔了个跟头。"莫妮卡说。她跪下，温柔地摇了摇米歇尔的肩膀。"出什么事了？桑德拉在哪儿？"

"我弄丢了鞋子，"他喘着气说，"我找不到它了。"

"桑德拉在哪儿？"莫妮卡问。

"去喊人救援。"

其实我只是由于一次偶然机会才去瑞典。莫妮卡不久前与她男友分手了,她此前预订了皮划艇旅行,问我是否有兴趣与她一道前往。读中学时我就爱上了莫妮卡,在一个悲伤的夜晚她告诉我,她不爱我。我们保持着朋友关系。有一段时间我仍然满怀希望,直到有一天她告诉我她找到了男朋友。全都是些陈年往事。

我们在火车上认识了桑德拉和米歇尔,两人都穿着淡紫色羊毛外套和布满口袋的裤子。桑德拉说,她去过瑞典四次,她在旅游部门工作,她热爱北方,有一次她的车在哥德堡遭到抢劫。她说这个瑞典地名的发音,让人觉得她好像会说瑞典语。莫妮卡问她会不会瑞典语,她回答,不会说,可惜不会,她只能说德语、法语、意大利语,当然还有英语。她说,她叫桑德拉,她丈夫叫米歇尔。

"我丈夫叫米歇尔,"她说,"我们在度蜜月。"

米歇尔没吱声,似乎没有专心听,他在一旁静静地观察始终不变的森林。只有一次,铁轨附近飞起了一只苍鹭,在树林上方扑腾了几下翅膀,他才说:"你瞧一瞧,桑德拉。"

"我们最后的假期还剩些日子,"桑德拉说,"半年后我们会生一个孩子,米歇尔,对吗?"

米歇尔再次眺望窗外,桑德拉又说了一遍:"对不对,米歇尔?"

"对。"他终于回答。

"你们好像满怀巨大的热情。"莫妮卡微笑着说,显得过度友好。

"像一个奇迹,"桑德拉说,"感觉生命在体内生长。"

"小生命在你体内长大后,你会体验到真正的奇迹。"莫妮卡干巴巴地说。

"你们不想要孩子吗?"桑德拉朝我转过身,问道。

"我们的住房不合适。"莫妮卡立即回答。

帐篷营地位于小城边缘,在汽车工厂和大湖之间。我们在商店购买补给品时又遇见了桑德拉和米歇尔。桑德拉说,我们最好买瑞典造的驱蚊剂,瑞典蚊子只能用瑞典驱蚊剂才能赶跑。

"你这里有酒吗?"收银台旁一位站在我们前面的奥地利女人问道。女营业员摇摇头,桑德拉向奥地利女游客解释了瑞典的饮酒法规。

"我讨厌这号女人。"莫妮卡在我耳朵旁嘀咕道。我们晚上走向营地旁边的比萨饼店,我看见桑德拉和米歇尔正蹲在他们帐篷前做饭。

"我们要做一次真正的冒险之旅,"桑德拉嚷道,"比萨饼店的食物实在不怎么样,而且贵得要命。"

米歇尔没说话。比萨确实不好吃，非常昂贵。莫妮卡在吃饭时模仿桑德拉，我们度过了一个愉快的夜晚。

"比起斯特凡，我与你在一起更开心。"她说。

"你们是因为这个原因才分手的吗？"

"不是，"莫妮卡说，"他想要一个孩子。"

"那你呢？"

"他只是由于害怕。因为他所有朋友都有孩子。他也许害怕，一切都会继续。他将孤独终老。一切。他这么说过。"

"那你呢？"我再次问道。

"反正最后每个人都是孑然一身。"莫妮卡说。

"你不想要孩子吗？"

"不要，我喜欢承受孤独。我愿意独自老去。"

莫妮卡说，她更喜欢单独划艇。随后她读到相关信息，在有几段地方，皮划艇必须扛到陆地上运输。她觉得她没这能力，因此问我想不想同行。

"我岂不成了搬运工吗？"

"不是，你知道你在我心中的意义。你是我认识最久的朋友，完全胜过最佳的情人。"

后来我们从米歇尔和桑德拉的营地旁经过，没有看见他们的身影。但是我们听见从帐篷里传出来桑德拉的呻吟："给我！好，真好!"

莫妮卡大声咳嗽,用假声喊了一句话,多半是瑞典语,周围立刻安静下来。

"我去冲凉,"我们回到自己的帐篷里,莫妮卡说,"上高速公路前的最后一次淋浴。"

她返回时,我已钻进了睡袋。

"转过身。"她命令道。她脱掉衣服,肥皂的香味弥漫开来。我们一言不发地并排躺着。

"倘若你与一个女人做爱,也会在这儿喊叫吗?"

"不会。"我说道。

"非常好,"莫妮卡说,"晚安。"

第二天早上,我们来到皮划艇出租点,米歇尔和桑德拉提前到了。桑德拉提及每个人的权利,人人都允许来森林和河流附近,采蘑菇,用柴火。她说,人们生活在森林里,像动物,完全自由,没有钱。靠吃树根、浆果和森林里的物产汲取营养。靠自然界的果实生活,她说道。

"饥饿、寒冷、疾病,"莫妮卡说,"这是自然界的果实。"

米歇尔默默地站在一旁,随后走来一位游艇出租处的工作人员,我们将一条皮划艇搬上一辆旧巴士,乘车前往我们旅行的出发点。道路一直通往森林深处。我们的司机开得飞快,有时候突然打方向，避开砾石路上的坑洼。后来他笑了，桑德拉此时非常安静，只有一次，她说："我没有感觉不舒服，这是意志问题。"

几分钟后，桑德拉和米歇尔就准备好了皮艇。司机还在向我们解释如何利用酒精炉，教我们捆扎最重要的水手绳结，此时他们已划了出去。他说，我们必须始终穿着救生背心，绑好背囊，防止皮划艇倾覆。然后，我们的皮划艇还没有在水面停稳，他便调转车头，驾车消失在森林深处。

几小时之后，剧烈的运动，中午酷热的阳光，前日的长途跋涉，让我觉得精疲力竭。而我没有抱怨，继续默不作声地划水。不知何时我忘记了胳膊的酸疼，划桨也愈来愈有规律，愈来愈安静，我们能够更加协调地向前划水。我产生了一种感觉，身体与大脑分离，开始自动运转。

后来时间不早了，我们惊讶于太阳仍然高悬空中。晚上十一点依旧能在户外读报，桑德拉曾在火车上这么说过。我们最终找到了营地，搭起帐篷，加热晚餐。

"我最好永不停顿，"莫妮卡说道，"在这条河上一直划下去，日夜不停。"

"我们如果不知道目的地会更美妙。"我说。

"人们永远不知道该去哪儿。"莫妮卡说。

接下来几乎每天都相同。我们起来较晚，烹制咖啡，出发。有时候我们在河里游泳或者在温暖的午间时分躺在草丛中。一个阳光灿烂的下午，我们停靠在一座湖中的小岛旁。我们吃了些东西。随后我想看书，但很快倦意袭来。我转身仰卧，闭上眼睛。阳光普照，我看见色彩斑斓的螺旋，橘色和浅绿的图案旋转。我睡着了。

我再次睁开眼睛，头上的天空似乎变暗了。我口干舌燥，身体温暖且沉重，好像慢慢才回归自身。我吃力地转向一侧。莫妮卡不在，我站起来，走过小草地，来到我们固定皮划艇的地方。草地上放着莫妮卡的衣服。我往湖中望去，看见她在不远处游泳。

"你也下来吧！"她喊道，向我游过来，"美极了。"

"看起来像一部电影，"我说，"美不胜收，只有影片里才有这番景色。"

"确实美极了！"

"说说看，你几乎找不到合适的语言。"

"是啊，"她说，"我几乎无法描述，是不是很蠢啊？但确实如此。"

她从水中上岸，我还从未见过她穿得如此单薄。她的头发湿答答地贴在脑袋上，泳衣滴着水。

"你知道，我曾经义无反顾地爱上了你？"我说，"你伤透了我的心，那时我还以为，你会成为我生命中的女人。"

"什么时候？"莫妮卡问道，甩甩头发上的水珠。

"你告诉我,你不爱我。"

"我说过这话吗?"她突然开始笑了,"你应该看看你的脸。我当然记得。那是班级旅行后。我爱上了利奥,但是他对我没那个意思。"

"你头一次与男人上床是什么时候?"我问道。我坐在草地上,观察她。莫妮卡背对我,脱下泳衣。然后用毛巾擦干身子,穿好衣服。

"十七岁,"她说,然后转过身,"与我哥的朋友。他年纪大很多,大十来岁或者更多。那时你们都太幼稚了,满心期待永恒的爱情,要与上帝和生命的意义对话。我只想知道它到底是怎么回事。"

"我也没有想别的。"

"胡说,"莫妮卡说,"你当时恋爱了。"

我们现在才慢慢划过森林覆盖的地区,开始更仔细地观察,发现风景不断变化,不论是颜色还是水。水呈黑色、蓝色或深绿色。有时候我们的皮划艇穿过睡莲或低矮的芦苇。起风时,我们快靠岸了。傍晚时分我们计算着白天的日子,在地图上比画着回去的路线。我们很快失去了时间感。

在岸边,我们发现了一艘皮划艇,之前几天没有遇见过任何人。然后我们发现了桑德拉和米歇尔,光着身子躺在草丛中。我希望他们没看见我们,但是他们好像听见了我们的声音,朝我们这里观望。他们没有招手，我们也假装没看见他们。

"他们像野兽般躺在那儿，"莫妮卡说，"我总有一种感觉，她想要向我们证明。"

"因为她怀了一个孩子？"

"原来如此。"莫妮卡说。

"你没有发现，人们常常能从孩子身上看出端倪，他们将像他们父母亲那样变成相同的蠢驴。"

我想，我无所谓与莫妮卡赤身躺在草丛中，才说了这话。

"像野兽。"莫妮卡说。

"我不能这样，我害怕。"

"这里没有人。"

"正因为如此。肯定有区别。"

"我只觉得我们相识已久，"我说，"我在你面前不会感到害羞。"

"我总想与我的父母不同。尽管我喜欢他们。我不想只成为一件复制品。假如一切都这么进行下去，确实蛮糟糕的。"她犹豫了一下，然后笑着问道，"你为什么害羞呢？"

过了一会儿，我回头望去，看见桑德拉和米歇尔坐在他们的皮划艇上，尾随在我们的身后。他们快速划水，没有打招呼，快速从我们身旁经过。我听到他们急促的呼吸声。他们现在穿着游泳衣裤和T恤。我也开始自动地加快划桨的频率,而莫妮卡说:"让让他们吧,我没兴趣比赛。"

"但我不想有人划在我前面,"我说,"你以为他们发现你去过帐篷营地吗?"

"我无所谓,"莫妮卡说,"两个好色之徒。"

次日下午我们再次下水游泳。河水冰凉,我们很快返回岸边。

"这两人也来过此地,"莫妮卡说,捡起一张躺在沙子上的巧克力包装纸,"猪猡。"

"也可能是别人的。"

"也许巧克力是他给她的。"

"你真对此着魔了。随他们去吧!如果能让他们愉快。"

"败坏一切,"莫妮卡说,把包装纸搓成一团,扔进草丛,"你究竟过得怎么样?你又不是和尚。单身一人能坚持多久?"

"半年……八个月。我能怎样呢?"

"但是奇怪。这很好,没有任何花费,而且人们到处都能做。但是……"

"我不知道……到处……"

"理论上,"莫妮卡说,"你与女人最疯狂的做爱地点在哪儿?"

我们在一棵树上挂好用过的浴巾,在岸边的草丛中躺倒。莫妮卡朝我转过身，注视我，面带微笑。

"我当时不敬重你，"她随后说，"我喜欢你。如果我不敬重一个男人……"

"那么现在呢？"我问道。

云团愈来愈密，一旦遮住太阳，空气马上凉下来。我们收拾好物品，立即出发。忽然刮起了一阵风，但是湖水平静昏暗，发出像吸吮的声音，拍打在皮划艇的铝制外壳上。有几处泛起涟漪，像在浅滩上。然后是几道闪电，我们数了几秒钟，雷声传来，我们知道暴风雨将要来临。我想起了童年，暴风雨将至，救生员赶我们出水。在岸边，我们正前方出现了一个小遮雨棚，好像专为皮划艇选手设立。我们停靠好，波浪高高翻滚，突然间大雨倾盆。我们把小艇拖到岸边，用篷布盖好，然后跑向遮雨棚。

"你认为那对男女目前在哪儿？"我问。

"不知道，"莫妮卡说，"我觉得他们也许遭到了雷劈。"

下雨了。我们在遮雨棚里坐了个把小时。莫妮卡靠在我身上，我用胳膊搂住她。不知何时我们睡着了。随后我们去艇里取来加热器，泡咖啡，抽掉我最后的香烟。

"雨要是不停地下，我们该怎么办呢？"我问道。

"雨总会停的。"莫妮卡说。

天气变凉。密集的雨幕让我们几乎看不到对岸。此情此景，我们仿佛坐在一个水墙围成的房间内。然后雨势减弱，再次见到太阳。我们继续划水。河流变窄，水流湍急。我们从一座滴水的孤桥下划过。在河流上有几处横卧着倒下的树木，经过时倍感吃力。当晚，我们竭力找到了一座营地，终于停下来打尖，这时水面上升起一团雾气。我们尝试点起一堆篝火，未获成功。

次日凌晨太阳高高升起，临近中午又开始下雨。我们绕开一座小型堤坝，然后遇见一位渔夫，他说，天气就这样。确实整天下雨，我们晚上搭建帐篷，雨还下个不停。所有东西都透着湿气，这回我们没有生火，只吃了些松脆的面包片、冷火腿加甜芥末。

当晚，我久久没有入睡，这对我没有影响。我听见雨点落在撑开的帐篷上，想起了我爱上莫妮卡的日子，还想起后来发生的故事。下了一整夜的雨，次日凌晨仍然没有停歇，几乎下了一整天。雨最终停下来时，我们已经有好久都不再关心这场雨了。

此刻水位仍然很高，河水因冲刷下来的泥土变得浑浊不堪。河流狭窄，水流湍急，我们听见流水的簌簌声，用船桨不触碰任何地方。我们来到一处河湾，看到岸边停着一条皮划艇，旁边是口袋、垫子和两只睡袋。艇上有一处不小的隆起。

"我觉得他们翻船了，"莫妮卡说，"肯定是这两个好色之徒。我们去看看吧？"

"你真想看看？"我问。

"也许他们需要帮助,"她说,"这是公民的义务。"

我们划过这个地点,调转船头,逆流在岸边停好皮划艇。

"喂!"莫妮卡喊道,"米歇尔,桑德拉,你们在吗?"

什么都没有听见。莫妮卡说,她想到周围查看一下。我问,要不要泡咖啡。她随后找到了米歇尔,喊我过去。

"桑德拉去请求救援了,"米歇尔说,"她进了森林。"

我们帮他站起来。我们三个人没有穿过树林,米歇尔并不像我们开始认为的那般虚弱,无须我们搀扶就能行走,但他跛着脚,裸露的脚落地时有点迟疑。我们回到河岸边,热水煮好了。我们只有两只杯子,莫妮卡和我共用一只,另一只给了米歇尔。喝了几口之后,他开始讲述事情的经过。

"河上漂浮着一节树干,挡住了去路,我们想快速转弯绕过,却没有避开。"

他们撞上了树干,皮划艇从中折断,倾覆,立刻灌满了水。他们从艇上跳下来,米歇尔说,那里水深流急,全部行李滚入河中,食品丢了,加热器和船桨也没了。他们只能救起几件漂在水上的物品。

莫妮卡问他是否还想吃些东西。他说,他不饿。我们打开随身携带的食物,他一块儿吃了些。然后我们决定再划一段路,找一个更宽敞的地方搭建帐篷,然而米歇尔再次拒绝登艇。

"你不坐皮划艇,怎么从这里出去呢?"莫妮卡问道。我查看了地图。最近的一条路相距五公里。从那里出发到下一个露营地至少还有十公里。

"桑德拉何时离开的?"我问。

"昨天,"米歇尔说,"不,今天早上。夜里。"

"我们很有可能在森林里迷路,"莫妮卡说,"只有河上一条路。"

帐篷营地过于狭窄。米歇尔紧贴莫妮卡与我躺下,双脚朝上。我借给他一双袜子。他的睡袋湿漉漉的,帐篷里弥漫着发霉的气味。米歇尔很快睡着了,发出均匀而沉重的呼吸声。

"我认为,他患有皮肤真菌或类似的疾病。正常的脚丫闻上去不是这种味道。"莫妮卡在我耳旁低声说道。

"这是睡袋散发的气味。"我压低声说。

随后莫妮卡轻声笑了,说道:"给我!好,好,好!"

"安静,他听见你说话了。"

她打开我睡袋的拉链,用两只手抚摸我。

"只是想暖暖手。"她说。

"双手都是冰凉的。"

"一个人独处,就这缺点。"

我晚上没有睡好。第二天早上醒来,米歇尔离开了帐篷。我听见他在外面的走动声。我的睡袋也湿掉了,我感觉到冰凉。

"你醒了吗?"莫妮卡在我身旁问道。

"嗯,"我说,"这家伙在干什么?"

"你在干什么呢?"莫妮卡问道。

"我在寻找我的鞋子。"米歇尔回答。

我们爬出帐篷。天气好了一些,天空依然乌云低垂,但没有下雨。树木之间和河流上泛起了一阵薄雾。空气中弥漫着树木腐败的气息。我烧好了热水。

"这是我们最后一点咖啡,"我说,"我们还有些奶粉。"

"还有蘑菇和树根,"莫妮卡说,"从现在起每个人的权利生效。"

米歇尔沉默了。

"在下雨前,我们必须出发。"莫妮卡说。

"我不能再上皮艇。"米歇尔说。

"别孩子气。"莫妮卡说。

他站起来,消失在森林里。我们站在他身后喊他回来,他答道,他必须找到鞋子,他十分清楚自己的鞋子落在哪儿了。我们收拾好物品,把桑德拉和米歇尔的东西也搬到我们艇上。你们的艇,我们用一条麻绳绑在我们艇上了！我们准备好后，再次喊他，但没有回应，只听见他在附近的树丛里走动。

"我们如果现在不出发，今天也许无法抵达目的地，"莫妮卡说，"来，我们去把他拽回来。"

我们尾随米歇尔走入森林。我们靠近他，他继续往前走，我们加快速度，他也走得更快。

"够了，"莫妮卡大声喊道，"立刻站住！"

"我们必须等等桑德拉。"他答道。

他现在起码站住了。我们走到他身旁，他又说："我们得等一等桑德拉。"

"为什么你们不等等我们呢？"我说，"你们知道我们离你们不远。"

"桑德拉认为你们不会停歇，"米歇尔说，"因为我们超过了你们，你们会对我们生气。因为她没有绑好这件行李，她说，你们想拿我们开玩笑。"

"你疯了？"莫妮卡说，"又不是比赛。这个蠢女人。"

米歇尔再次蹲下。"我的鞋子就落在了附近。"他面带哭腔说道。

"去你的，你的破鞋！"莫妮卡呵斥道。我从未见过她那么生气。我们再次听见雨声，但是雨点尚未穿透树叶落在我们身上。"我们现在必须立即出发。你一块儿走。我们给桑德拉留一条信息。"

"我的鞋子呢?"

"你脚上有真菌,"莫妮卡大声喊道,"我们整晚都被你的臭脚熏得没法睡觉。我们现在就走。"

米歇尔吓得不敢吭声,跟在我们身后。莫妮卡写了一张便条,塞进一只塑料袋内,绑在一棵树的齐眉高处,她好像平静了许多。

"这不是游戏,"她对米歇尔说,"你也许会像一头野兽死在森林里。"

我们的皮划艇停在那儿,现在吃水很深。河流蜿蜒曲折,开始是几处急弯,然后河道变宽,流经森林。临近中午,太阳穿云而出,树上到处都在淌水,皮划艇上散发着我们潮湿物品的气味。有一次我们看到一根漂在水中的大树树杈上挂着一顶帽子,米歇尔说:"这是我的帽子。"

我和莫妮卡没有说话。尽管捞起这顶帽子并不困难,我们全然无视,从一旁划过。水流变得愈来愈平缓。前面的水路现在经过高耸的芦苇,我们最后划入一个大湖。对面的湖岸隐没在水汽中几乎无法辨认。莫妮卡查看了地图。

"帐篷营地位于距离此地十公里的东岸,"她说,"只要我们继续划桨,那么今天晚上就能够抵达。"

我们遇到了逆风,这条绑在后面的皮划艇妨碍了我们。我和莫妮卡不停地划桨。米歇尔默默地坐在艇中段。我跟他说了一次，请他替换莫妮卡。但他划起桨来笨手笨脚，弄得莫妮卡再次从他手中夺过船桨。又刮起了大风，波浪拍过艇舷，我们几乎无法前行。

"倘若开始下雨，就没风了。"我说。

"现在别松劲。"莫妮卡说。

然后我们一言不发。湖岸长满了芦苇，看上去完全相同。有一回我们划艇进入芦苇，吃了些薄片面包和火腿，然后继续划行。傍晚七点过后，我们终于抵达了帐篷营地。岸边站着一位帮助我们的男人，把皮划艇拽上了岸。

我们刚停好皮划艇，米歇尔就消失了。我和莫妮卡打扫了我们的皮划艇，抬着它来到船屋，看到米歇尔和桑德拉紧紧相拥穿过帐篷营地。他们没有朝我们这儿张望。我们在湖岸附近搭建了自己的帐篷，在房车中间。

淋浴时我再次见到米歇尔。他脚穿塑料拖鞋，在刮胡子，用几乎听不见的声音问候我。

"我还认为桑德拉随救援小组上路呢。"我说。

"她本来要来接我的。"他说。

我返回帐篷，莫妮卡不在里面。麻绳上挂着我借给米歇尔的袜子。我把它们丢进附近的垃圾桶。莫妮卡带来一瓶不知道从哪里弄来的葡萄牙红酒。

"我在淋浴时碰见了桑德拉,"她说,"她撞掉了一颗牙齿。正中间,门牙。她没有说话。"

我们做了米饭,吃掉一罐金枪鱼,喝了些葡萄酒。天色渐暗,我们朝湖岸走去,坐到栈桥上。

"你相信她会索性丢下米歇尔不管吗?"莫妮卡问。

"我不知道,"我说,"也许是因为鞋子。"

"牙齿呢?"

花园饭店飘来轻柔的音乐,一辆房车内响起电视声。此外安静如初。

"其实非常奇怪,"我说,"完全没有蚊子。"

莫妮卡抬高双腿,把头枕在膝盖上。长久地眺望湖面。然后她转过身,端详着我说:"你如果期待最少,总会有事发生。"

"我不相信这些事会发生在我们身上。"

"谁知道呢,"莫妮卡说罢,粲然一笑,"其实我很想与你上床。但是你得答应我,不能再爱上我。"

## 激　情

　　每当我想起玛利亚，那晚她为我们做饭的情形便浮现在脑海里。我们其他人坐在花园的桌子旁，玛利亚站在门楣下，双手端着一只平底碗。她的脸被厨房的热气熏得通红，同时喜形于色，为自己的"作品"感到自豪。在那短暂的瞬间，我对她、对整个世界，还有我自己深感歉意，而且我爱她胜过往昔。然而，我没有说话，她在桌上摆好食物，我们开吃。

　　我们四人去意大利旅行，我和玛利亚，斯特凡与安妮塔。乘车去她祖父的村庄是玛利亚的主意。她祖父多年前还是个年轻小伙子就移民瑞士了。玛利亚的父亲只有放假时才有机会熟悉他的故乡。

　　我们下榻在海边五针松林中一幢破败的度假小屋。森林里建满了房子，大多数比我们住的更宽敞和漂亮。距居住区不远是一条海边林荫大道，两侧全是饭店、酒店和商店。昔日的村庄位于大陆腹地的山脚下。但是我们大多数时间都待在新村庄里我们的房间内，由于没有汽车，有一天吃完早饭，我们打了一辆的士前往往日的旧村庄。

大街上几乎看不到人。不时有辆汽车驶过。我们听见一扇敞开的窗户里传出厨房的噪声。有一次我们看见两位身穿黑衣的妇女。玛利亚想向她们打听祖父的情况,而我们走近时,她们已走进一幢房子。我们找到了一家开业的小酒吧,在一张桌子旁落座,喝了些饮料。玛利亚问老板有没有一户与她姓氏相同的家庭在村里住过。老板耸耸肩,自称来自北方,只认识来他酒吧的顾客,即便这些人他也只知道名字或绰号。

然后我们去了墓地,在那里也没有任何能让人回忆玛利亚家族的证据。我们没有能在一块墓碑和安葬骨灰瓮的墓地上找到她的姓氏。

"你确定我们找对了村子吗?"斯特凡问,"大多数意大利人都来自西西里。"

玛利亚没有回答。

"全都睡着了,"斯特凡说,"你去拜访亲戚,至少他们还能出现。"

"失望了?"我问。

"没有,"玛利亚说,"一座漂亮的村庄。"

"你感觉到什么呢?"安妮塔问道。

"我不知道。根。那里也许还生活着……人们所说的堂兄弟的堂兄弟。"

我们本来应该待的时间更长一些，而在此处确实无事可做。我们找不到可以吃饭的餐馆。我们步行返回，沿着没有尽头的田间小路漫游，走过一片没有树荫遮蔽的热浪翻滚的平原。有一回，有一名男子驾驶摩托车从我们身旁经过。他挥手致意，说了几句我们听不懂的话。我们也挥手致意，然后他就消失在一阵白色尘云中。

"也许是你的一个亲戚。"斯特凡轻笑道。

我们来到意大利后，天气炎热，连坐在树荫下都感觉不到凉快。我们整天昏昏欲睡，到了晚上又几乎难以入眠，由于天气太热，蟋蟀不停地大声鸣叫，仿佛发生了一件不幸的事。我相信我们所有人都更喜欢待在老家，在凉爽的森林或山间，玛利亚也是如此。在这种炎热之中没有出路。我们受限其中，受限于我们的懒惰，如果天气没有突变，我们的唯一的愿望就是假期快快结束。

我们整天无所事事。后来，安妮塔了解到附近有一间能够供人骑马的马厩。她小时候曾经骑过一段时间，想再尝试一下。斯特凡没有兴趣，玛利亚说她害怕骑马。最后我答应安妮塔一道前往。这天晚上她向我讲述了所有的骑马故事。我必须两腿分开骑在一把椅子上，她指导我如何驾驭一匹骏马，假如马匹驮着我受惊奔逃，我又应该如何应对。

第二天早上安妮塔见到这些马后，深感失望。全是些脏兮兮的老马，无动于衷地站在马厩前，脑袋耷拉着。我们支付了租金，站在一小群等待的游客身后。过了一会儿，一位穿着长筒马靴和紧身裤的姑娘走到我们跟前，讲了几句意大利语，递给我们每人一条马鞭，分配给我们马匹。她在我们面前装腔作势，对马说话，仿佛是马匹雇用了我们。一个男青年在空地上踱步，朝我们走来。他还没走到我们跟前，便开始大声问候，问大家会不会意大利语。有几人否定后，他马上换成英语："我们骑马探索美丽的风景。"

他帮我们跨上马，随后自己也骑了一匹，策马出发。他向我们简单解释了驾驭马匹的技巧，但是我们的表现无关痛痒，这些老马前后相继开始慢跑，我都觉得好笑。

我们骑马经过一片茂密的森林。树木间的土地上遍布垃圾和空塑料瓶，有一个地方还躺着一辆旧自行车和坏掉的洗衣机。我们骑行的小路，地面上由于多次骑行而留下了深坑。我骑在马队最后面，有时候我的马停下来，啃啃路边灌木丛的树叶。然后我们的向导转过身，喊道："扬鞭策马！"我鞭打马匹的力气不够，他自己抽打他的坐骑，大声喊道："用力击打！"

骑在我前面的安妮塔回眸一笑，说道："马感觉不到疼痛。"

我身下和压住马匹身侧的大腿感觉到这匹大牲口的温暖和肌肉运动。有时候我用手搂住马脖子。

057

骑马溜达没有超过半小时。我和安妮塔都带了游泳衣裤。我们在森林里换上了。

"这些衣服我不能再穿了,"我说道,"散发着臭味。"

"我喜欢这些气味,"安妮塔说,"我真想再次开始骑马。只是这些骑手我不喜欢,他们只对马感兴趣,还有性。"

"是这些气味造成的。"我说道,安妮塔笑了。

我们爬上陡峭的沙丘,脚丫深深陷入柔软的沙里。安妮塔走在我前面,我观察她蹚过沙子,真想把手搁在她脖颈上,感受她的温暖。然后她滑倒了,我从后面抱住她的腰,滑了出去。我们一块儿跌倒,不禁大笑,互相帮助爬起来。我们全身汗湿,沙子黏在身体上。在继续前行前,我们俩帮助对方擦掉背上和胳膊上的沙子。

我们没有在海滩待太久。这里的沙滩肮脏不堪。海水浑浊、温暖,散发着腥臭味。此时此刻太热了,人头攒动。我们回到房子里,斯特凡和玛利亚出去了。拉好百叶窗,屋子里昏暗一片,并没有外面凉快。

我们慵懒地并排躺在我和玛利亚的床上。我们一直穿着游泳衣裤。我打量安妮塔。她把胳膊举过头顶,伸展开,用几乎闭住的嘴打哈欠。"这是我最喜欢的时光,"她说,"如果能躺在昏暗中,啥事都不必做。"

"这些天我想成为一头野兽,"我说,"只想睡觉和喝水,等待有一天凉快下来。"

安妮塔朝我转过身，拿胳膊肘支撑，用手托住脑袋。她说，她与斯特凡分居了，他们的关系让她觉得无聊，斯特凡让她感到无聊。她也许与他在一起不开心。他没有一块儿去骑马就是明证。尽管安妮塔觉得其实合情合理。"与你一道玩更快乐。"

"我一直认为你们是完美的一对。"

"啊，是的，"安妮塔说，"也许我们曾经是，而现在并非如此。你们呢？"

"马马虎虎，"我说，"我再次开始关注其他的女人。不是一个好兆头，我想，玛利亚肯定发现了异样，而她没说什么，只是选择忍气吞声。我感到内疚。"

"我注意到了。"安妮塔说，笑了起来，仰卧在床上。

然后天气愈来愈热。早晨还空气清新，到了中午一切都消失在乳白色的烟气中，仿佛我们脚下的土地都在闷烧。后续几天我们什么都做不了。有时候我们在清晨或者太阳落山的傍晚去游泳。下午，在商店关门前，我们去购物，奶酪、番茄、未加盐的面包和廉价的大瓶葡萄酒。然后我们坐在门前的五针松阴影下，想看书，但是大多数时间我们只能打盹或无关痛痒地交谈。傍晚我们做饭，吃饭时我们大声争论那些众人意见相左的话题。我们在讨论时，玛利亚大多沉默不语。我们彼此争论，她也只是倾听，我们一旦达成和解，她便起身，走开，去一旁看书。

"我喜欢这种夏天气味，"她有一回说道，"我不知道是什么。确切来说不是气味，而是一种感觉。人们用皮肤与全身嗅闻。"

"过去我能闻到的更多，"斯特凡说，"奇怪吗？我甚至还能闻到空气、雨水和酷热。我现在什么都闻不到了。肯定因为空气污染，我什么都闻不到了。"

"你抽烟太多了。"安妮塔说。

"有时候，"斯特凡说，"我早上吐痰时，有时候唾液里带血。但是我不相信有什么其他含义。也许只是红酒。"

"犬类只需要一半以上的脑容量用于嗅觉。"我说。

"一切都非常复杂，"安妮塔说，"过去什么都更为简单。"

玛利亚说她去一下海滩。我们其他人还聊了一阵子，然后我们也跟随她前往。我们花了好长时间才在昏暗中找到她。她坐在沙子上，眺望大海。此时海浪声好像比白天更响亮。"如果你们这样相处，其实比互相争吵更难忍受。"玛利亚说。

玛利亚有时候给我们做意大利菜。她自己亲自采购，在厨房里忙活几个小时，不让任何人走进去。她本来想成为一名不错的厨师，然而没有成功。

玛利亚极少忍受闷热。我发现，她在一天天失去耐心。有一个晚上她说，她租了一辆汽车，想在第二天外出郊游。倘若我们愿意，可以一同前往。安妮塔和斯特凡兴致盎然，我却说没兴趣去任何地方。玛利亚没有多说话，只有她不会强迫我。我像每晚那样喝了太多的葡萄酒，说我去睡觉了。我躺在床上，透过敞开的窗户听到其他人在谈论郊游，他们想参观的目标和景点。

"我要提早出发，"玛利亚说，"在天热起来之前，赶到目的地。"

"我带上照相机，"斯特凡说，安妮塔说她要买一顶帽子，一顶草帽。

我心里盘算我就喜欢这么一直躺着，在敞开的窗户下聆听别人计划的实施。然后他们熄灭蜡烛，把弄脏的餐具端进屋内，蹑手蹑脚，为了不打扰我。当玛利亚钻入被子下面躺在我身旁时，我假装睡着了。

这是一个我对玛利亚产生怜悯之心的夜晚，当夜，我对她，对我，对全世界都表达了深深的同情。我此刻躺在床上，难以入眠，我听见玛利亚在我身旁呼吸，我再次产生了这种绝对无意义的感觉，这种感觉同时又是悲哀和解脱。我想，比起这种同情，这种与一切的关联，我不再会产生其他感觉。

第二天早上我醒来时，其他三人出发了。整个屋子里充斥着刚刚用过的肥皂和身体除臭剂的味道。我煮上咖啡，然后看到斯特凡的香烟放在外面的桌子上，就取了一支。我喝了咖啡，然后穿过森林进入村子中心购买香烟。还不到九点，天气就很热了，到处都有走向沙滩的人。

我回来时，房子似乎遭到了遗弃，仿佛里面很久没有住人。我听见邻近花园儿童的玩耍声、远处汽车和摩托车驶过。花园的椅子放在五针松树下，根据树荫的走向摆放。上面是打开和倒扣的书籍和杂志。在树冠上一只鸟儿大声鸣叫，非常短促。孩子们现在安静下来或者消失在房间或屋子后面。我的胃产生了空空的感觉，而我没有兴趣吃饭，又抽了一支香烟。

自我们来到这里，我比原计划更少看书。现在我终于获得了闲暇，我渴望生活，很高兴没有坐在热烘烘的汽车里或者走过一座昏昏欲睡的城市，穿过充斥着汗涔涔游客的步行区，或者在一个人头攒动的露台上喝咖啡。我感觉孤独，像人们在夏季感觉到的孤独或者小时候的感觉那样。我觉得我仿佛在一个世界里独处，里面只有团体、情侣、家庭相聚，在某个地方，非常遥远。我开始阅读，但是没过多久，我就把书搁在一旁。我翻阅了几本画报，然后再煮了一杯咖啡，抽了一支烟。这时到了中午。我走进房子，开始刮胡子，几天来第一次。

我开始担心其他人，到了晚上，他们终于回来了。他们度过了美妙的一天，好像很内疚。他们已归还了汽车。

他们穿过花园走向房子，拎着口袋和塑料袋。安妮塔戴了一顶草帽，斯特凡买了一只风筝。玛利亚在我嘴上亲吻了一下。她因长途旅行身体发热，透着汗味。

我们来到海边，现在几乎不见人迹。太阳紧紧悬在地平线上。其他人跑到浅水中，我坐在沙子里，抽烟，注视他们相互泼水。安妮塔一直戴着她的新帽子。

过了一会儿他们从海水中出来。玛利亚紧贴着站在我面前，擦拭身子。逆光下我只看到她的剪影。然后她把湿掉的浴巾朝我脑袋上一丢，说道："你这无聊的家伙，你也过了美妙的一天吗？"

这个时刻，三人才聊起他们的郊游。有一阵子我遗憾没有到场。不是因为他们体验了某些特殊事情，而是因为我愿意与他们分享回忆。我说，我更喜欢整天看书，也许他们有一点嫉妒我。安妮塔说，她想给我带些东西，一件礼物，斯特凡拽着他的风筝沿海滩奔跑，但没有风。他最后只好放弃。我们待在海边，直到太阳落山，然后返回房子吃饭。

吃饭时玛利亚不断影射我的懒惰，直到我大发雷霆，说她应该闭嘴。总有一天，她没有了我也能过得很好，她说，我一贯如此，一个无聊透顶的人。我站起来，步入花园。我听见其他人继续默不作声地吃饭。然后玛利亚走出来，站在门下，凝视着树丛。过了一会儿,她说:"别那么孩子气。"

我说,我不饿。她说她想和我去海边散步。

天还没有完全黑下来。我们沿海滩散步,靠近水的地方,沙子潮湿,行走方便。我们沉默了很久,然后玛利亚说:"我整天都期盼着再次见到你。"

"昨天,你说了些什么话。"我说。

"我喝了太多酒,没有兴趣做任何事情。我受不了酷热。"

"我们差别太大了,"玛利亚说,"我不知道,也许……"

"所以我们能分开一天。"

"并非如此,"她与其说是生气,倒不如说是惊奇地问道,"你想干什么?"

她站住了,我继续往前走,比之前更快。她跟在我身后。

"你总是立即把所有东西都戏剧化,"我说,"我却什么也不想。"

"我没有将任何东西戏剧化,"玛利亚说,"我们就是不般配。"

"你什么意思?"

"不是你的责任。"

玛利亚再次站住,这次我也没有继续走下去。我朝她转过身。在她面前的沙子里躺着一个水母,一小堆透明的胶质。她拿脚踢了一下。

"愚蠢的生物,"她说,"它们在水中美丽漂亮,若被海水冲上岸……你就没法帮助它们了。"

她捧起一把沙子,让沙子慢慢落在水母上。她等待着。

最后我说:"你想?……"

"太阳高升后,没有东西留下。"玛利亚说。她迟疑了一下,然后说,好的。

"这是意大利,"我说,"仅仅因为我们在意大利。在家里完全是另一种情形。"

"对,"玛利亚说,"所以。"

她说她在此感觉不舒服。"不单单是酷热。我的故乡,我在此完全没感觉。我简直无法想象。无法想象,我爸爸曾经在此生活过。也无法想象我爸爸在这儿度假。我以为这里会有什么东西。但是这里的一切全都那么陌生。你……我必须以某地为家,待在某人那儿。"

她转身往回走。我坐到沙子上死水母的旁边,点燃一支香烟。我坐了良久,抽烟。

我返回房内,其他人还坐在户外,聊天,喝酒。我一言不发地走进屋里。玛利亚尾随我步入房间。我们并排站在起居室的沙发前,玛利亚搭了一张床。她一言不发,我也沉默不语。我走进卧室,脱掉衣服,躺下,长久无法入睡。

因为有人站在房间里，我醒了。玛利亚正在收拾她的物品。她竭力不发出声响。我偷偷观察她，她朝我转过身，我闭上眼睛，假装酣睡。她拎起旅行袋走入起居室，然后再次返回，走到床边。久久站立，又转过身，走了出去，轻轻合上门。我听见她在打电话。过了一会儿外面有一辆汽车驶来，停稳，汽车引擎仍在运转，然后听到关门声，汽车驶离。我起床，走进卧室。

沙发上空无一人。床单叠好搁在旁边的地板上。桌子上留下一张纸。我在阅读时，安妮塔从她卧室里走出来，打听发生什么事了。我说，玛利亚回家了。

"哪一刻出了岔子，"我说，"我不知道我做错了什么。"

"几点钟离开的？"安妮塔问。

"六点。"我说。

"那么早，我还想再躺一会儿。"

我们各自回到卧室。床旁边放了一件玛利亚的T恤衫，我举起，闻到一股她的味道，她的汗味和睡眠的气味。我一下子感觉她仿佛还在家，只是暂时出门了。

吃早饭时，我们没有谈及玛利亚回家的事。而斯特凡想再次去海滩放飞他的风筝，安妮塔问道，玛利亚为什么离开我："与意大利有什么关系吗？"

"对的，"我并不确信地说道。"一切都非常复杂。"

"你觉得你们会复合吗?"安妮塔问。

我说,我不知道。我也不知道我是否想那么做。

安妮塔说,其实她羡慕我们。"我早就想做这个。假如我没有这么懒……"

"我几乎无法想象她的生活没有我是什么样子。"我说。

"不行,后面总还过得去。"安妮塔说。

随后斯特凡回来了,又没有风。他在沙滩上拖着这只风筝,一条狗尾随其后,咬坏了风筝。安妮塔发出一阵冷笑。

"你应当立即把风筝埋在那里。"她说。

"我小时候一直希望得到一只风筝,"斯特凡说,"但是只获赠了衣服、书包和书籍。"

"你们还没有把礼物给我呢,"我说,"你们带给我的那件礼物。"

"在玛利亚手上,"安妮塔说,"她肯定带走了。"

"是什么呢?"

"我不知道。她买礼物时,我们不在旁边。"玛利亚神神秘秘地做的,不想透露。

"肯定是讨厌的东西。"斯特凡说。

"也许她会寄给我,"我说,"或者我打电话给她。"

假期最后一天。我们收拾好各自的物品，打扫干净房子。到处都是沙子。晚上我们去了海边的林荫大道。我们想在餐馆里大吃一顿。

"意大利人为什么总拉下百叶窗？"我们走过度假住宅区时，斯特凡问道。

"防热……"安妮塔回答。

"也防我们，"斯特凡说，"我有一位意大利邻居，他总拉下百叶窗。阳台上藏了一个巨大的卫星天线。"

"也许是因为思乡。"安妮塔说。

我们沿林荫大道漫步。太阳落山了，依然酷热难挨。各家餐馆前摆满了桌椅。在大型电子屏幕上可以看到这里提供的菜肴图片。红色褪了色，所有的菜呈蓝色，看上去激不起食欲。在一家饭店前面放置着盛满海鱼和海鲜的冰篮筐。

"你们能闻到什么气味吗？"斯特凡问，"我啥也闻不到。你肯定闻到了些什么。"

"如果都是鱼味，不太好。"安妮塔说。

我们挑不好餐馆，大家一直走到林荫大道的尽头。我们坐到那里的一堵低矮围墙上。天际空旷，如同附近饭店的霓虹灯般沉默不语。斯特凡躺倒在围墙上，脑袋枕在安妮塔怀里，她抚弄他的头发。我坐在她身旁，肩膀碰到一起。

"瞧瞧那边的星星，"斯特凡说，"肯定是一颗恒星，如此明亮。"

"这是一架飞机，"安妮塔说，"只有飞机才那么明亮。"

"飞机发光，"斯特凡说，"它们只有红光和绿光。"

明亮的光点在天空中缓慢地移动。我们沉默不语，抬头仰望光点在西方消失。

"一种美妙的感受，"安妮塔说，"人坐在那里，飞向明天。总有一个地方开始新的一天。如果他们看见太阳，我们还是夜晚。美国的太阳。"

"我觉得我们好像在此是永恒的。"斯特凡说。

"我可以在这里生活，"安妮塔说，"总是目送飞机，吃饭和阅读。我真感觉是在家里。"

"我想知道玛利亚现在躲到哪里去了，"我说，"我想知道她要送我的是什么礼物。"

## 最美的姑娘

在小岛上经历了五个温和的晴天后,云层逐渐变厚,临近傍晚下起了雨。次日凌晨,气温骤降十度。我攀上礁石,看见西南方向有一块巨大的沙地,既非陆地也非大海。我看不见海水从何处开始,但感觉似乎能看见地球表面的弯曲。有时候我与另一位漫游者的足迹相交。远近都不见人影。只有这儿或者那儿出现一堆海藻或者一条海水浸透的黑色木桩耸立在地面上。有人赤脚在湿漉漉的沙地上踩踏出一个字。我绕字一圈,读道:"外星人(Alien)。"我听到了远处的渡船将在半小时后停靠。我觉得我仿佛听见了自己浑身开始单调的震动。然后是雨滴。轻柔飘逸,看不清楚,一阵毛毛雨,如同我周边的一朵云儿飘落下来。我转身,返回住处。

我是民宿唯一的客人。威普·简与他女友安内克坐在室内喝茶。房间里摆满了船模,威普的父亲曾是船长。安内克问我想不想与他们一块儿喝茶。我向他们提起沙地上的字。

"外星人,"我说,"类似于我在礁石上的感受。陌生,好像地球撞开了我。"

威普笑了,安内克说:"'外星人'是一位荷兰女子的名字。阿丽安·珀斯特(Alien Post)是本岛上最美的姑娘。"

"你才是岛上最美的姑娘,"威普对安内克说,然后亲吻了她,"这种天气最好待在家里。在户外容易失去理智。"

他走进厨房取了一只杯子递给我。回来时打开灯,说:"我在你房间放了一只电炉。"

"我想知道,谁写了这个字,"安内克说,"你觉得,阿丽安最后找到了男友吗?"

## 我们力所能及的事

伊芙琳建议一家咖啡店取个可笑的名字：水族馆、斑马或企鹅，我记不起来了。她说，她常常在那儿吃晚饭。我进去时，只有两张桌旁坐了客人。我在大门旁边找了个位置，等待着。我研究过地图，这是其中一家，提供半份菜肴，用原始名称命名。

在最后一个工作日我与伊芙琳握手，我说，我们可以一块儿喝个啤酒。当天我跟每个人都说了这句话，并未当真。伊芙琳说，她不喝啤酒，我说，不一定非得喝啤酒。然后她说，只要我有空，她都可以。除了约会她，我别无选择。

伊芙琳终于赶到咖啡店，迟到了一刻钟，我非常生气。

"你无所谓坐在哪里吗？"她问，"我一直坐在那儿。"

她喊着其他桌旁的客人名字，打招呼。

"这是一家疗养院还是什么别的机构？"我问道。

伊芙琳尽力挑选了些吃食。女服务员接受点单后，她又改变了选择。

"你肯定能对菜单倒背如流。"我说。

伊芙琳笑了。"我总点同样的食物。"她说道。然后就不说话了,一直笑容可掬地注视着我。我讲了几句话。最后饭菜端上来,我不知道还有哪些话题好聊。伊芙琳似乎没有兴趣。我向她打听她的爱好,她说:"我一直喜欢唱歌。"

"你听声乐课吗?"

"没有,"她说,"我觉得太贵了。"

"你参加过合唱团吗?"

"没有,我在别人面前唱歌感到难为情。"

"这并非歌唱事业的理想前提。"我说道,她笑了。

"我只不过喜欢。"

我们还没有喝完咖啡,伊芙琳便说,咖啡店一刻钟后关门。

"我们再到其他地方喝点什么?"我们来到大街上,出于礼貌我才这样问。

"我不喜欢去酒吧,"伊芙琳说,"我讨厌烟味。你要是愿意,我可以给咱俩制作一份热巧克力。"

她脸羞红了。为了让气氛变得不再尴尬,我说,她若能煮咖啡,我愿意一同前往。她说,她只有咖啡粉。我说,可以。

"你女朋友不会反对你与陌生女人外出吗?"

"我没有女朋友。"

"我也没有,"伊芙琳说,"暂时没有男友。"

伊芙琳住在一幢公寓楼的四楼。她翻找一下邮箱,好像是一种条件反射,在傍晚前她一定要清空它。她走进公寓,做了一个生硬的手势,说道:"欢迎来到我的宫殿。"

她引导我走入起居室,指了指沙发,说我可以随意就座。我坐下来,她一进厨房,我赶紧起身,环顾四周。整个房间都布置着粗笨的浅色杉木家具。书架上摆满三十多本题材极其不同的画册,若干旅游图书,多本彩色封面与标题的长篇小说,好像是女性名字。房间里随处可见传统服装的玩偶。墙壁上挂有伊芙琳自己创作的猫和花盆等彩色铅笔画。

伊芙琳花了很久制作咖啡和巧克力。咖啡味太淡了。我讲了一个故事,接下来伊芙琳开始突然讲起她患了病。我不知道是什么,而此病与消化有关系。这时我才发现,伊芙琳身上散发出的气味令人不舒服。也许她始终让我想到一种植物,一种盆栽植物,总缺少些什么,光照或者化肥,也可能是浇水过多。

然后伊芙琳又沉默了,正当我准备起身离开时,她忽然又开口了:

"我收到了这些信,"她说,"一个好像认识我的男人寄来的。我不知道。"

几个月来,一个自称布鲁诺·施密特的男人给她写信,她说。

我不确定她是否想炫耀自己，然而她确实显得不安。

"我藏好了这些信。"她说，然后从书架上取下一只用大理石纸包裹的小盒子。里面躺着一捆信。她取出最上面的一封，递给我。我读道：

亲爱的伊芙琳小姐，

我喜欢您，待在您身旁让我感到舒心。倘若我们处在危险中，我们为什么不知道呢？不该导致犯罪和死亡。由于危险，孩子需要父母。我一生中从没有逃避提醒。我的信仰需要我的部分时间和金钱。但是留下许多我想要分享的东西。我知道，您对某人寄予希望，很愿意对此加以了解。我不知道什么能为我所用。

……问候！

"他总写同样的内容。"伊芙琳说罢，用祈求的目光注视我。

"一个可怜的精神病人。"我说。

"他指什么，这不会导致死亡吧？"

"生命总是导致死亡，"我说，"我不相信他有危险。"

"有时候我想我也变老了，然后一切都过去了。这种不安。"

"你害怕他吗？"

"满世界都是疯子。"

我问她那些布偶来由，想让她分心。她喜欢搜集身穿民族服装的布偶，她说。她拥有三十多只形态各异的布偶，大多是父母送的，他们四处旅行。

"你找到了一份新工作吗？"她问。

"我其实也想做一次环球旅行。"

"你也许可以帮我捎带一只布偶，"她说，"我当然会支付费用。"

然后她走进厕所，很久都没出来。我告别时，亲吻了她的脸颊。

"我们还能再见面吗？"她问。

"我还不知道何时出发，"我说，"你可以查看一下我是否还在。"

两周后我打电话给伊芙琳，我放弃了环球旅行，而是决定到法国南部玩几个礼拜。伊芙琳问我，有没有兴趣来吃饭，她邀请了几位朋友。

"公司的同事，"她说，"我三十周岁生日，来吧！"

尽管我没兴趣再见往日的同事，但还是答应了。我觉得好像亏欠了伊芙琳什么。

在约好的那天晚上赶到她住处，其他客人还没有到。伊芙琳穿了一条与她不般配的短裙，外面还系了一件老式围裙。

"我今天早晨清洁了门把手，"她讲道，"这是马克斯主意。他的点子来自德国。女人年满三十岁，若还没嫁人，得清洁门把手。"

她讲，几位同事想把公司所有门把手都抹上芥末。

"如今他们想一直这样干。"她说。

"下一个轮到尚塔尔。男人们必须擦拭楼梯。只有获得亲吻，方可停止。"

她说，这样做很难堪，但是我有一个印象，她对其他人的关注感到开心。她向我展示了一串小纸盒做的长链子，必须披在身上。

"因为我现在就是一只旧盒子。"她说，然后笑了。

"谁亲吻了你？"我问。

"马克斯，"她说，"两小时后。这次，我也邀请了他。"

其他客人陆续抵达。马克斯和他的女友艾达，伊芙琳的上司里夏德和他的妻子玛格丽特。他们都非常开心。马克斯说，他们在附近酒吧喝了开胃酒，凑份子买了一件礼物。他递给伊芙琳一只小盒子，四人开始高唱："祝你生日快乐。"

伊芙琳羞红了脸，尴尬地微笑。她用手解下围裙，晃了晃包裹。

"里面是什么东西？"她问。

盒子里放了一本菜谱。《恋爱者的菜谱》或《双人烹调》等类似的图书。

"还有东西在里面。"马克斯说。伊芙琳拿开这张揉皱的绸纸。下面躺了一只亮橘色阴茎形状的大号自慰器。她目瞪口呆地盯住盒子，没有触碰这只玩具。

"马克斯的主意。"里夏德说。他显得尴尬，然而，玛格丽特，一位抹着厚厚脂粉的五十来岁的女子，刺耳地大笑，然后说："每个女人都需要它。你要是结过婚，才合适。"

"这是我从艾达的收藏中挑选的。"马克斯说。艾达立刻接话："马克斯，你简直难以忍受。没有，我可没有这玩意。"

"没有，"马克斯说，"现在是没有了，电池还在里面呢。"

"我要进厨房，"伊芙琳说，"不然饭菜要烧煳了。"她把绸纸放回盒中，盖上盖子，走开了。

"我说过，这是一个糟糕的想法。"里夏德嘀咕道。

"啊？"马克斯说，"这对她有好处。你会看到一个月后她像换了一个人。"

玛格丽特再次奸笑起来。艾达说："马克斯，你就是一头猪猡。"

"但现在伊芙琳有了你。"马克斯对我说。

然后他们开始聊起公司的事情，我走进厨房帮助伊芙琳。

她费了九牛二虎之力，而饭菜并无特别之处。即便如此，氛围还不错。马克斯讲了几个肮脏的笑话，里夏德和他妻子为此纵情大笑。艾达第一杯葡萄酒下肚就好像醉了，话不多，只说了马克斯非常糟糕。伊芙琳忙着上菜，收拾吃过的餐具。我感觉无聊。饭后我们饮茶，喝速溶咖啡。然后马克斯说，我们现在应该让伊芙琳独处，她肯定急切地渴望试用这件礼物。四个人起身，穿好大衣，我还得帮伊芙琳洗碗，马克斯发表了一通意味深长的评论，艾达说，他是一头猪猡。伊芙琳送他们到门口，我听到楼梯上传来爽朗的笑声，然后咣当一声门锁上了。

"我明天再清洗餐具。"伊芙琳回来时说。然后她说，她想洗个澡。她说的好像是一部电影或者一部糟糕的长篇小说中的一句话。我不知道那句话的意思，也不知道应该对此发表什么评论。她走入浴室，我在一旁等候。我想听音乐，却找不到想听的 CD 唱碟，便放下不管了。我从架子上取下一本卡拉哈里沙漠的画册，坐到沙发上。我希望自己现在身处别处，最好在家里。

我听见伊芙琳从浴室走进卧室，然后终于回到起居室。她只穿了件内衣，由缎子般的坚固材料制成的白色内衣，脚上穿着拖鞋。她站在门下，靠在门框上，将一条腿略微弯曲地放在另一条腿前。我刚看了灰獴的照片，一种消瘦的猫科动物，它们站在山丘上，眺望远方。我把书放在身旁的沙发上。我们沉默了。伊芙琳脸羞红了，低头盯着地板。然后她说："你还要喝一杯咖啡吗？我觉得厨房还有热水。"

"要。"我说。

她走入厨房,我尾随其后。她从架子上取下一只装有速溶咖啡的玻璃瓶。我递给她我的咖啡杯。她抖搂进太多的咖啡粉,斟上热水。咖啡杯里形成了一层明晃晃的油状黏液。我发现,伊芙琳眼含泪花,我俩没有说话。我在餐桌旁坐下,她坐在我对面,坐在椅子上垂头丧气,双眼紧闭,颤抖不已。我打量着她。她的胸罩过大,两个弧形的外壳犹如胸甲,脱离了她的乳房。我再次嗅到伊芙琳身上不舒服的气味。

"你是同性恋吗?"她问。

"不是。"我说,我想我宁肯喝醉。

"我觉得头痛。"

"你着凉了吗?"

"没有。"她站起来,在胸前交叉双臂,两只手互相抓着上臂。她走回卧室,我跟在她身后。她在床上躺下,开始在枕头上无声哭泣。她的身体痉挛。我坐在床沿上。

"你想干什么?"我问。

"我不知道。"她说。

我用手在她的背部抚过,再从大腿到双脚。

"你的背真美。"我说。

伊芙琳大声地抽噎,我说道:"漂亮的背也能让人着迷。"

她转过身，在我面前放松地躺了一会儿，胳膊放在身体两侧。她呼吸放缓，变深，注视着天花板。然后说："不好。不会好的。"

"你不必期待过多，"我说，"幸福意味着你能得到想要的。"

"我想要一杯葡萄酒。"她说，鼻子抽动，吃力地坐起来。她床旁边摆着一盒舒洁牌餐巾纸，她抽出一张，擦擦鼻子。然后起身，走向搭着她衣服的椅子，迟疑了一下，再从衣柜取出几条牛仔裤和一件女式衬衫。我观察她以熟练的动作穿衣。当她下蹲，用双手拉平腿上的长筒袜时，我忽然来了兴致，想与她做爱。

"我们做力所能及的事情最美好，"我说，"我们一直有能力做的事。"

伊芙琳向我转过身，扣上牛仔裤，说道："但是我不喜欢我做的事。而且我是什么，我也不喜欢。只会越变越糟。"

我们再次回到起居室，她进厨房取来一瓶葡萄酒。然后走向立体声音响，从架子上抽出几张 CD 唱碟，又放回去。她接着打开收音机，电台正在播放特蕾西·查普曼的一段歌曲。我走入卫生间，听见走廊上传来伊芙琳轻声的哼唱："昨晚我听见一声尖叫……"

她唱得不好，我回到房间，她停止了哼唱。

"我现在要回家了，"我说，"可以吗？"

"可以，"她说，"可以。能帮我个忙吗？"

她取来自慰器盒子，塞到我手上。

"扔到垃圾桶里去,我不喜欢今晚的家里放着这种玩意。"

"电池呢?"我问。她没有作答。

"好的,"我说,"你不必送我到楼下。"

我在楼梯口转过身,伊芙琳依然站在敞开的门下。我挥挥手,她面带微笑,也挥了挥手。

## 净　土

我搬过来那天，房间唯一的窗户脏透了，即便在中午，房内还是一片昏暗。我打开行李箱之前，开始擦拭窗户。克里斯晚上回到家，朗声大笑，喊来荣子。

"瞧瞧，我们的客人都做了些什么。"他说。

"瑞士人真爱干净。"荣子说。

我笑了。这是四月份，我来到美国纽约，因为我在瑞士受够了。非常幸运，我在一家旅行社找到了一份为时半年的工作，一位瑞士女士是这家旅行社的老板娘。我的工资微薄，只能付得起一个廉价房间。房子位于迪尔曼街和克莱蒙特大街的拐角，在西班牙哈莱姆区边缘。街道另一侧全是破败的砖房，居住在里面的几乎全是拉丁族裔人。

第一周，我几乎每晚都与同事去某间酒吧。周末我大多一人独处。克里斯与荣子去朋友那儿或者进城玩耍，公寓变得空空如也，安静了许多。

有一个下雨的星期天早晨，我出发到周围的社区闲逛。我从滨河大道往下朝南边走。这里交通密集，行人稀少，我享受着这份独处的惬意。到了第一百号大街附近，我在一家房屋壁龛里发现了一座真人大小的佛教和尚塑像，赤脚站在一道黑色栅栏后面，注视着哈德逊河。天空突然大雨倾盆，我转身折回。

我在楼下的商店买了一份《纽约时报》周末版，打算读报消磨当天剩余的时光。傍晚我坐在窗台上，抽起一支香烟，发现屋子对面一扇红光闪烁的窗户，随后看见一位身材纤细的女子的剪影，面对一盏落地灯弯腰，关灯，房间里很快一道浅色光线亮起，然后窗户暗下来。

几天以后我坐在窗户旁边抽烟，没再想对面那个女子。她的房间再次笼罩在红光下，然后我又见到了她。她缓慢地运动，仿佛在跳舞。她的窗户敞开，我没有听见音乐，只能听见附近百老汇前面的交通噪声以及地铁列车不时从高架桥上驶过。我抽起第二支香烟。女子停下来，不再跳舞。她关窗户时，我突然觉得，她正朝我这儿眺望。然而，我们相距二十来米，红色的灯光下我只能看见她的轮廓，然后她离开了我能看清的房间一角。

楼下大街上几个小孩在摇晃汽车，直到报警器启动。在城市的噪声中混合了警报的鸣啸，但是似乎没人关心此事。我把烟蒂扔到大街上，关窗，躺倒。

克里斯来自亚拉巴马，多年来住在纽约。他是一位政治学者，在一家教会机构找到了一份收入不高的工作。荣子还在读大学。她说，她是一名女英雄，为了气克里斯。她是一位具有坚定信念的马克思主义者和女性主义者。

"如果我妈妈打电话来，"荣子有一次说，"不要说起克里斯。她不知道我有一位男朋友。我说过，你们是男同性恋。"

克里斯笑了，我也笑了。"如果她路过呢？"我问道。

"我父母住在长岛，"荣子说，"他们从来不光顾曼哈顿。"

有时候我与克里斯喝啤酒。然后他抱怨荣子的政治立场、她的冥顽不化、她对男女关系的看法完全不同于他。他非常爱她，而他却无法完全确信她的爱。"她啥都不相信，"他说，"她也不相信我。"

此后，我不再与同事们一起外出，下班后马上回家。坐在窗户旁，抽烟，有时观察对面的女舞者。

夏季很快来临了，街道上炎热难耐。荣子去日本旅行三个月。出发前，她与克里斯邀请我吃晚饭。

"我离开后，你得照料一下克里斯，"荣子说，"他特别有依赖性。"

我们喝了加利福尼亚葡萄酒，一直聊到深夜。

"克里斯很反常，"荣子说，"他喜欢乡村音乐。"

克里斯有些尴尬。"我父母喜欢乡村音乐。只是一些回忆，我并非真喜欢乡村音乐。"

"这首曲子你得听听，"荣子说，"《家，甜蜜的家》。"

她放进去一盒磁带。克里斯表示抗议，却没有动弹。

"我不会离开那个乡间小屋再次漫游，它那么简陋，无处为家。"一个低沉的声音唱道。

我还从未听见过荣子发出如此会心的大笑。我也笑了。克里斯最后也笑了，迟疑一下，有些害羞。

次日凌晨两点左右，我回到自己的房间，由于喝酒、抽烟和长时间聊天，我觉得头晕目眩。但是我马上发现对面窗户里还亮着灯。我点燃最后一支香烟，看到女舞者再次面对落地灯弯腰，熄了灯。我朝那个方向凝望了一阵儿，然后也关掉灯，躺倒睡觉。

荣子出门旅行了，克里斯通常很晚才回家。有时候我发现他喝醉了。"我思念她。"他说。

八月一日瑞士国庆节适逢星期一。我的女老板组织了一次瑞士俱乐部的庆典，给我们放了半天假。我与同事们乘车去海滩，在一周工作日开始时，海滩上几乎不见人迹。我们到海里游泳，夜幕降临，我们在沙丘后面点燃一堆篝火，烤起了牛排。有人带来了一台卡式录音机，放起瑞士的摇滚乐。

我吃了牛排，然后走上沙丘，再经过宽阔的海滩走向大海。天空、沙滩和大海此刻染上了几乎同一种颜色，深玫瑰色或者浅褐色。我脱掉衣服，走入水中，往海里游去，直到在波浪后面再也看不见陆地。我觉得我似乎可以一直游下去，一直游到欧洲。自从我来到这里，我第一次盼望回家。我突然担心回不到陆地，便掉头往回游。我再次走上沙丘，听到某些人在窃窃私语。然后我看到其中一位同事与他女友躺在沙子里。她不久前才来美国看望他，两人整晚都卿卿我我，腻在一起。

子夜过后我才回到住所。公寓里没有点灯，非常安静。透着一股大麻的气味。在厨房里用过的餐具叠成了堆。

八月中旬克里斯放假了。他想去看望亚拉巴马的父母。

"照看好自己。"我说道。

他笑了。"我妈妈会照料我的。我返回时，你会看见我长了十磅肉。"

整晚都闷热难当。市中心全是游客，但地铁里的乘客比往常少。到了深夜，在我们街区仍然能听到桑巴舞曲和萨尔萨舞曲。到处都有人坐在房子前的台阶上聊天。年轻小伙成群站在一起，靠在不属于他们的汽车上。姑娘们三五成群地来回散步，面带微笑四处趔摸着男人，有时候朝他们喊几句话。几乎看不见情侣。我也很久没有去想那位女舞者了，但是我现在观察街上的女人，猜测她们中哪一位可能是她。

有一次荣子寄来一张明信片，是寄给克里斯的，但我可以观看。上面没有写私密的话语。明信片的结尾写道："爱你，荣子。"

一个月末的夜晚，我坐在我房间的微光下，听到户外警笛的鸣叫比以往更近了。我朝窗外望去，看见消防车拐入我们的大街。穿着防护服的队员从车上跳下来，但又无所事事地站住。他们取下黑色头盔，擦掉额头上的汗珠。他们每个人都站在那儿，像雕像般呈现出孤独的姿态。

很多人聚拢，几名火警封锁了街道。此外什么都没有发生。我正想关好窗户，却发现那名女舞者站在对面房子的防火梯上。我第一次见到她全身，但是她的脸在暮色中几乎看不清楚。她靠在栏杆上，朝我这儿望过来。我一发现她，她赶紧避开目光。她身材苗条，但个子不高，留一头黑色长发，像她弯腰那样，落在肩头。她穿一件齐膝裙子，搭配一件紧身上衣。她光着脚丫。过了一会儿她转过身子，登上窗户返回房间，红色落地灯的光线一下子照在她的脸上。我确定在大街上从来没有见过她。

经过几周的酷热后，天气转凉了。天空又变得一片湛蓝，没有一丝云彩，但是现在城市的大街上微风轻送。周末，我和朋友驱车来到海滩旁,沙丘后面宽阔的公园区几乎空无一人。然后我们平躺在沙地里,躲避海风,要么穿着衣服沿沙滩漫步,观察灰色海水翻起海沙。

一个孤寂的星期天,我决定去拜访女舞者。我两天来都没有与任何人说过话,感到痛苦与孤独。在这个明亮的下午,我穿过大街,伫立在房前,点了一支烟。天空飘起了雨点,几颗硕大的雨珠落在人行道倾斜的水泥板上,然后是一阵瓢泼大雨。我跳到一个小小的玻璃屋顶下,此处安装了门铃,由此可以通过第二道紧闭的大门走入楼梯间。

外面大雨倾盆,透着一股潮湿的沥青味。我通过大门的铁栅栏朝门厅望去,里面寂静昏暗。地板上铺着马赛克,有些地方用水泥做了必要的修补。墙壁漆成赭色。在门厅的深处,我看见电梯门和旁边一条狭窄的楼梯,光线透过脏兮兮的窗户照进来,往楼上延伸。有一个地方停了一辆童车,一个拐角处摆着一辆生锈的自行车。

一个女人牵着一条狗从电梯里出来,经过门厅朝我走来。她打开门,替我拉住,说道:"这么大的雨,您算幸运,想见哪一位?"

"我只是避雨,"我说,"等待雨停。"

"我本来想去遛狗的,"她说,"但是这天气。您不是本地人吧?"

"我是瑞士人。"我说。

"一个漂亮的国度,"她说,"非常干净。我来自波多黎各,在这里住了很多年。"

"您喜欢这儿吗?"我问。

"在波多黎各我曾经无法生存。到这里我也无法生存,"她说,"我不知道。散步可什么都得不到。祝你好运。"

她返回电梯,身后牵着狗。我用脚撑住门,然后又抽回来。门咔嚓一下锁上了。雨势减弱,我跨过大街跑了回去。我受了凉,赶紧洗了一个热水澡,然而于事无补。公寓里既冷又潮。

一周之后克里斯回来了,我们共同度过了几个美妙的夜晚,吃饭,聊天,直到深夜。在荣子回来的前一天,我们一道打扫了房间,聆听了乡村音乐。

"请不要告诉她,我抽过大麻。"克里斯说。

"当然不会啦,"我说,"与我无关。"

"我们是朋友,"克里斯说,"我们男人必须和衷共济。"

"对付谁呢?"我问,然后我想到我们并不算朋友。

克里斯笑了。"以前我抽了很多。自从与荣子相好之后,几乎戒掉了,她不喜欢。如果她在身边,我也不需要这些。"

荣子回来后,克里斯不再关心我。两个人常常到朋友那儿做客。我去看电影，我如果待在住所，大多在自己房间。周末，我有时候整天阅读，只为了喝杯啤酒或者到一家中餐外卖店吃饭才外出。我对女舞者的兴趣也日渐减弱。我竭力不去想她。我有时候还能看见她。她常常坐在房间里，在那个位置我也只能模糊地辨认她。

有一天晚上，我坐在窗户前抽烟，街上有一个人冲我喊话。我往下看，见到一位年轻女郎牵着一条贵宾犬站在人行道上。她挥手向我打招呼。

"我是替我的女伴来的，"她喊道，"她住在那面，总在窗户旁看到您。"

"是啊，"我回答，"我也能看到她。"

"她希望认识您，"女子喊道，好像她必须保护她的女伴，"她不希望我来找您。"

"好呀。"我大声回应。我一下呆住了。我们沉默不语。

然后年轻女郎说："她叫玛格丽塔，您想要她的电话吗？"

她给了我电话号码，又说了一遍："她不想让我告诉您。"

"明白了，"我说，"您能来真好。"

我望了一眼笼罩着红色灯光的窗户，但是没有看见女舞者。我坐在床头，深呼吸了几下。然后拿起床头柜上的电话，拨了号码。

"喂！"我听到一个温柔的女声。

"喂!"我说,"我是窗边的男子。"姑娘尴尬地笑了。

"你女伴给了我这个号码。"

"我不想她这样。"她轻声地说。

"我们可以见一面吗?"我问。

"好啊!"她说,"我叫玛格丽塔。"

"我知道,"我说,"现在吗?"

"随时可以。"她说,她的英语讲得不是很好。

"我们可以去喝一杯啤酒。"

她迟疑了片刻,然后说:"明天吧。"

"那么我们八点钟在你住的房子前面见,"我说,"行吗?"

"好的,可以。"

"晚安,玛格丽塔。"

"晚安。"她说道。

次日我一直都有点紧张,琢磨着该不该去赴约。八点钟,我在玛格丽塔的房子前等候,但是她并没有出现。我等了一刻钟,然后回到房间,拨通了她的电话。我坐在窗前,目不转睛地盯着大街。

玛格丽塔拿起了听筒。"喂",她说。

"喂,"我说,"我们去喝一杯啤酒吧!"

"现在吗?"她惊奇地说道。

"八点钟了。"

"八点。"

"是的。"

"你在窗户旁边吗?"她问,"等等,我在挥手示意。"

我朝女舞者的窗户望去,只看见落地灯微弱的轮廓。然后我又听见玛格丽塔在电话那头的声音。

"你看见我了吗?"她问道。

"没有。"我说。

"最上面,"她说,"在中间,注意,再来一次。"

"好啊,当然。"我吃惊地说道。

我朝对面房屋最上一层望去,仍旧没有看见任何人。然后我终于看到后面两幢房子里有一个人站在窗户旁,挥动着双臂招手。

"你看到了我没有?"玛格丽塔随后问道。

"看到了。"

"我现在下来。"

"好的,"我说,"我马上下来。"

玛格丽塔娇小玲珑,长得蛮漂亮。她穿了一条牛仔裤,一件多彩的女衬衫。我无法断言我不喜欢她,但她令我感觉陌生。她不是我几个月来认识的那个女子。我们并肩沿街前行。在百老汇转弯时,克里斯朝我们迎面走来。除了介绍两人认识之外,我别无选择。克里斯微笑着,祝我们度过一个美妙的夜晚。

我们走进最近的一家酒吧，坐在一张桌子旁。里面人声嘈杂。她说她是哥斯达黎加人，两个月前来到美国，住在姐姐和姐夫那儿。两个人都在上班。她成天独自待在家里。她非常无聊。我问她是否想找一份工作，她充满怀疑，说她来这里只是度假。

"你白天干什么？"我问。

"我去海滩，"她说，"在哥斯达黎加到处都是美丽的海滩。"

"纽约也有美丽的海滩。"我说。

她笑了，不可置信地摇了摇头。"棕榈树，"她说，"哥斯达黎加四处都是。沙子十分洁白。"

我问，她还要在这儿待多久。她说，她不知道。我告诉她，我来自瑞士，但是她竟然不知道在哪里。谈话卡了壳，我们面对面一言不发，凝视对方，饮着啤酒。有一次我拿起玛格丽塔的手放在我手上，然后又松开。她朝我微笑，我回以微笑。

我们在她住的房子前告别。我很快就会返回瑞士，我说，抱歉。玛格丽塔微笑着，似乎听明白了。

"谢谢啤酒。"她说。

"祝你幸福。"我说。

后续几天我避开窗户。若想抽烟，我便跑到户外，在滨河公园散步。要是下雨，我就在格兰特元帅的墓地旁边躲雨。有时候我走向第一百号大街，久久站立在和尚的塑像前。铜牌上有说明：雕像是亲鸾圣人，一位日本佛教净土真宗的创始人。雕像来自喜马拉雅山，在日本广岛挺过了当时的原子弹爆炸。晚上我向荣子打听净土真宗的情况。

"你想成为佛教徒吗？"她问。

"不想，"我说，"我不想转世。"

荣子说，按照亲鸾的教义，念出"阿弥陀佛"足以抵达净土。

"你相信净土存世吗？"我问。

"瑞士，"荣子说罢笑了，然后她耸耸肩，"倘若你相信，生活就会更简单。"

"我不知道。"我说。荣子说："就会更有希望。"

出发回国的日子逐渐临近，这让我近乎瘫痪。我还有几天时间得空，带上相机到城里的几处景点拍照，这些地方留下了我满满的回忆：我栖身的街区，常去的饭店，还有前往史丹顿岛的轮渡，我上班的商业区。但是我在拍摄城市时，这座城市好像从我这里脱离了，仿佛凝固成了图片和记忆。

有一次，在家的感觉非常突然地向我袭来。我开始无法解释原委，然后我想起来，自从我来到纽约之后，第一次听见教堂的钟声。

我出发前那天开始下雪。几个小时内整座城市罩上了一层厚厚的雪被。电台里播送着取消营运的地铁线路和通往城外公路干线的状况。蒙莫斯和远洛克威暴发了洪水。克里斯与荣子去朋友那儿参加一个聚会,他打来电话说,他们将在外地过夜,在我出发之前我们无法见面了。

"我还会来看你们的。"我说。

"肯定,"克里斯说,"祝你幸福。"

我收拾完自己的物品,观看电视消磨时光。所有频道都在播送洪水和大雪的消息。不知何时我坐在窗户旁,抽起香烟。女舞者的窗户不见灯光,玛格丽塔的窗户也没有。楼下儿童们在玩雪。我观察他们,想起了童年以及我在雪地玩耍的情形,能返回瑞士让我感到开心。

然后我发现其中的一个小孩,犹豫不决地朝我这个方向扔雪球。其他人抬头盯着我。他们停止了玩耍,现在所有人都朝我这儿扔雪球。他们扔不到这个高度,但是其中的一个雪球直接在我下方摔碎了,雪溅了我一脸。我关上了窗户,后退一步回到阴影之中。很快外面的孩子们又开始玩耍了。他们好像已忘了我。

## 薄　冰


我曾经吃惊心脏很小，在病人被切开的胸腔内，快速又均匀地跳动。肋骨被两个金属钳撑开。外科医生必须切开厚厚的脂肪层，我奇怪于伤口没有流血。手术持续了两小时，然后揭开遮盖病人的绿色围布。我们面前，一个赤身裸体的老头躺在手术台上。他的一条腿在小腿处截了肢。肚子上分布着以前手术留下的三块大疤。老人的胳膊伸开，被牢牢固定，好像他应该去拥抱某个人。

"有趣吗？"我们后来一块儿喝咖啡时，外科医生问道。

"心脏那么小，"我说，"我相信，我情愿不看到它。"

"心脏虽小，但有韧性，"他说，"我最初想攻读精神病学。"

我来到医院，想写一名年轻女病人的案例。她患了肺结核，在另一家肺科医院治疗时感染了一种无法治愈的疾病。

开始女病人同意跟我聊聊，而我赶到医院里她却拒绝了。我等待了两天，在公园里散步，抬头注视她的窗户，希望她能看见我。

第二天主任医生问我想不想观看一次手术以缩短我的等候时间。第三天早晨，肺结核科的医生给等候在酒店的我打电话，说他的女病人现在准备好与我交谈。

肺结核科位于一幢远处的老楼内。遮盖着的大阳台上不见人影。窗户旁、屋内、过道都悬挂着圣诞装饰。我读了布告板上的字条，一位流动理发师和一份电视出租广告。一名护士帮我穿上一件背部系扣的绿色防护服，递给我一只口罩。

"拉丽莎其实没有危险，"她说，"只要您没被飞沫传染到。安全就是安全。"

"我很愿意与您交谈。"我说。

"假如您明天晚上有空……"

拉丽莎坐在床上。我本来想与她握手，犹豫之中，只说了声您好。我坐下。拉丽莎脸色苍白，身体非常单薄。她的眼睛幽暗，浓密的黑发没有梳理过。她穿了一件训练服和玫瑰红的佛洛特牌拖鞋。

我们第一次见面，聊的时间不长。拉丽莎说，她累了，感觉不佳。我跟她讲起我和我工作的杂志，她似乎对此并不感兴趣。她说，她很少阅读。起初她喜欢阅读，而现在她不再看书读报了。她给我指了指一只玩偶。它只有一条胳膊，没有面孔。

"这是送给我女儿的。圣诞节。我本来想送给她过生日，但我什么事都做不了。我一直想编织，随后看电视，要么医生来了，要么该吃饭了。到了晚上我依然无法继续工作。而且每天、每周、每月都是如此。"

"真漂亮。"我说。

玩偶其实很难看。拉丽莎一把从我手中夺走玩偶，紧紧抱住，说："如果有人在我这儿，我只能编织，如果有人在我这儿，我只能编织。"

然后，她说现在想看格丽斯·凯丽和亚力克·吉尼斯主演的电影。她昨天看过这部影片，在另一个频道上。格丽斯·凯丽是一位公主，爱上了王子。为了使他嫉妒，她假装爱上了家庭教师，而此人早就爱上了格丽斯。

"这位教师说，你就像海市蜃楼。他说，当人看到一幅美景，不顾一切冲上去，而美景马上消失，再也看不到了。然后她爱上了他，亲吻他的嘴唇，只有一次。但是神父——她的叔叔——说道，如果有人感觉到幸福，那他的幸福其实已经消失了。最后她嫁给了王子。教授走了，因为他说，你像一只天鹅，总浮在湖面上，庄严，安静。但是你从不涉足湖岸。因为一只天鹅倘若上岸，无异于一只蠢鸟而已。成为一只鸟却未曾飞翔，他说，就像梦到一首歌却从不会歌唱。"

这家医院位于市郊，工业区中心，紧邻高速公路。我在附近一家酒店订了一间房，酒店是一座丑陋的乡村风格的新建筑。迄今为止我只在吃早餐时才见过别的客人，大多数人好像都是客商。后来，我阅读报纸，一对情侣走入餐厅。女子比男人年轻很多，他那样子好像坠入情网，令我猜测，他已婚，而女子是他的情人或者妓女。

酒店地下室设有桑拿房。当天晚上我让人在我酒店的账单上记了十五马克，下楼，来到一间巨大的尚未加热的房间里，里面除了两套健身器材和一个乒乓球台外空荡荡的。一扇门旁边挂着"罗马浴室"的标牌。室内从一个屋顶的音响传来温柔的音乐，墙壁和地板铺了白色瓷砖。没有人。我坐在桑拿房里，大汗淋漓。我走出去淋浴，马上感觉寒气袭人。

第二天我又去见拉丽莎。她说，她感觉好多了。我请她谈谈自己。她讲述了她的家庭，她的故乡哈萨克斯坦，那里的沙漠和她的生活。我避免提起她患的病，但不知何时她说到了自己，谈到了那些。两小时过后，她说，她累了。我问她是否允许我次日再来。她说，可以。

在离开病房前，我环顾四周，记了几句话："一张桌子，两把椅子，一张床，一道小黄花的塑料帘子后面是洗手盆，到处都是用过的纸巾，墙壁上挂有一张小孩的照片和一个已经吃光了巧克力的圣诞倒计时日历①。电视机不间断播放，声音关闭了。"拉丽莎满腹狐疑地打量我。

"氛围。"我说。

我回到旅馆时，摄影师已经来了。

我晚上与肺结核病部的护士古德龙约好。我打电话给她，问她是否带一位女同事来。我们四人在一家希腊餐馆吃饭，我与摄影师，两位护士古德龙和约夫娜。

"你烟龄多久了？"我吃完饭后点燃一支香烟，约夫娜问道。

"十年。"我说。她问我抽了多少支烟。我们共同计算了我迄今抽过的香烟数量。

"总比肺结核好。"我说。

"肺结核根本不是问题，"约夫娜说，"六个月以后你就能痊愈。而且这能提升欲望。性驱力。"

"真的吗？"

"据说。也许以前是这样。人因此而死亡。最后的恐慌，"

"他正在写拉丽莎的病例。"古德龙说。

"一个糟糕的病例。"约夫娜说道，摇了摇头。

---

① 一种西方的圣诞节传统糖果，在一个大盒子上写有数字1—24，对应12月圣诞节前的每一天。每个数字下都藏有一块巧克力或糖。每过一天，就抠开当天的数字，吃掉糖果。

"我担心被传染。"我说。

"我常常不戴口罩进病房。"约夫娜说。

比起正与摄影师交谈的古德龙,我更喜欢约夫娜。有一次我朝她眨眨眼,她笑了,也冲我眨眨眼。

"你们在眨什么眼?"古德龙说完,也笑了。

我次日与摄影师来见拉丽莎。她坚持换衣服,漫不经心地拉好黄色帘子。我看见她苍白消瘦的身体,我在想,她也许习惯了在帘子后面脱衣服。我转过身,走到窗前。

拉丽莎从帘子后面走出来,穿了一条牛仔裤,一件颜色炫目带花纹的卫衣,一双黑色平底皮鞋。她说,我们上阳台吧,而摄影师说房间里更好。

"氛围。"他说。

我看见他戴着口罩都出汗了。他拍摄拉丽莎时,她露出了微笑。

"他是一个美男子。"摄影师走后,她说道。

"所有摄影师都帅,"我说,"人们只喜欢让漂亮的人拍照。"

"这里的医生也很帅,"拉丽莎说,"健康。不生病。"

我告诉她医生的高自杀率,而她不相信。

"我永远不会那么做,"她说道,"剥夺自己的生命。"

"你知道,多久……"

"半年，也许三个月……"

"啥都不能做？"

"不能，"拉丽莎说，笑起来声音沙哑，"它在我的体内，全都烂掉了。"

她向我讲述了第一次住院，当时她还以为痊愈了。然后怀孕，结婚。

"我之前从来不愿相信。我住进了医院，为了生育，一切又重新开始。只是缓慢进行。他们花了六个月在家里治疗我，然后她说，太危险了。为了孩子。我有这些担心，担心他们被传染了。但他们身体无恙。谢天谢地！他俩都健康。复活节我还待在家里。我丈夫做饭。他说，六个月后，医生说过，然后你会痊愈的。等萨布丽娜十月过第一个生日，你就好外出了。五月份我过生日，他送了我一枚戒指。"

她轻轻把戒指从手指上褪下来，攥在手心，说道："我们之前没有钱，买了家具、一台电视机和萨布丽娜的物品。我们说过，我们并不急需戒指。而他在五月送了我这枚戒指。我们现在需要它，他说道。"

然后拉丽莎说，她想看一看我的脸。她戴上口罩，我摘下口罩，她默默注视着我，现在我才发现，她眼睛真美丽。最后她说，好了。我再次戴上自己的口罩。

当晚我们与两位护士去蒸桑拿。摄影师提出这个建议,古德龙便哧哧笑起来,但是约夫娜马上同意了。我第一轮蒸桑拿几乎没有出汗,沙漏早已走完,我还坐在那儿。摄影师和古德龙没有过多久先后离去。

"我应该再浇点水吗?"约夫娜问道,她还没等我回话就把水洒在烧热的石头上。嗞的一声,胡椒薄荷的气味四散开来。在微弱的光线下,约夫娜的身体闪着汗珠,我想到,她真美。

"这种混合桑拿浴会不会让你嫌烦呢?"我问。

"为什么?"她问道。她是一家健身俱乐部的成员,常常去蒸桑拿。

"我不喜欢这样,"我说,"赤身裸体好像没什么意义。我们又不是动物。"

"那你为什么一块儿来呢?"

"这里没有其他事情可做。"

我们最后离开了桑拿浴室,古德龙和摄影师又走进来。从此我们开始轮班。我们休息,他们发汗;我们出汗,他们淋浴,休息。

我躺在约夫娜旁边的床上。我往一侧转身,打量着她。她在翻阅一本汽车杂志,其中湿掉的几页纸已经残缺卷曲。

"我无法抽象概括,"我说,"裸女就是裸女。"

"你结婚了吗?"她用漫不经心的声音问道,没有从杂志上移开视线。

"我与女友同居，"我说道，"你呢？"

她摇摇头。

第三轮汗蒸之后，我们感觉够了。约夫娜穿衣服时，我觉得她比刚才在桑拿室更裸露。然后我们去打乒乓球，摄影师和古德龙坐在训练力量的器材上，观察了我们一会儿。最后古德龙说，她感到寒冷，两个人去了楼上酒吧间。约夫娜乒乓球打得不错，赢了比赛。我请求与她再打一局，她又一次获胜。我们大汗淋漓，冲了澡。

"我们去喝些什么？"约夫娜问。

"男人比较简单。"我说，同时感觉我的声音在颤抖。

"为什么？"她系鞋带时，平静地问道。

"我不知道，"我说，随后问，"你想来我房间吗？"

"不想。"她回答，惊愕地看着我。

"绝对不行，你什么意思？"

我说对不起，她转过身，走开了。我尾随她上了楼梯，走向酒吧。

"你想一起吗？"她对古德龙说，"我要回家。"

两个女人走后，摄影师问我出了什么事。我告诉他，我问了约夫娜想不想来我房间。他说，我是一头蠢猪。

"你爱上她了吗?"

"我不知道,你从哪里知道的?我们到底来这儿干什么?"

"只要你别爱上漂亮的女病人。"

"你觉得她漂亮吗?"

"她有些姿色,确实,但你别指望作家能看清这点。"

他笑了,用胳膊搭在我肩膀上,说:"来,我们喝一杯啤酒。就算没女人,我们照样能过上一个美好的夜晚。"

次日,摄影师走了。肺结核科的护士们不像几天前那么友好。我没有见到约夫娜,我猜她把这事捅了出去。我无所谓。

"您还要来几次?"护士长问。

"直到我搜集了足够的材料。"我说。

"我希望您不要利用她的病情。"

"您什么意思?"

"雷曼女士隔离了半年,任何对她的关注都容易受到影响。如果她失望,会对她的病情造成消极影响。"

"没人来看望她吗?"

"没有,"护士长说,"她丈夫也不再来了。"

拉丽莎又穿上牛仔裤。她梳了头发,化过妆。我打量她,想着摄影师的眼光真准。

"最糟糕的是,"拉丽莎说,"没人碰我。半年了,只戴橡胶手套。我半年多没有与人接吻。我发现……我丈夫把我送到这里,我注意到,他开始担心我。他吻了我脸颊,说,六个月后……那种感觉好像我刚刚生了病,前一个晚上我们还同床共枕。那是最后一次,我当时没有想到这些。我入住这家医院,他突然对我感到害怕。我在收拾洗漱用品时,始终在观察他,他穿着裤头刮胡子。他说,带上牙膏,之后我会买一支新的。拿上它。于是我带上了牙膏。"

她说,她有时候吻她的手,她的胳膊、枕头、椅子。我沉默了。我不知道我该说什么。拉丽莎躺倒在床上,开始哭泣。我走到床前,把手搁在她头上。她坐起来,说道:"您的手必须消毒。"

我为我的故事搜集了足够材料。晚上我坐在老城区。我忍受不了这种喧闹,乘公交车快速返回了工业区。在终点站下车时,我想起拉丽莎。她告诉我,她有一天晚上逃跑了。一位护士忘记关房门。她一直走到下一个公交车站。她站在一旁观察工人从工厂出来。她想象着她下班的情形。她走回家,在回家的路上迅速地购买了一些物品,然后回家,为她丈夫和孩子做饭。之后还一块儿观看电视。最后她又返回了医院。

时间还不算太晚。我经过了工业区。难看的工厂大楼之间竖立着几幢独立住宅,在周围环境的映衬下似乎不起眼,好像按照另一个比例建造。在其中一幢房子前,有一位男子在一棵树上悬挂了电子蜡烛。一个女人和小孩站在门前的灯光下，四处张望。女人抽着烟。相邻的房子内一扇窗户亮起了灯。一位头戴厨师帽的男人正在铺桌子。我想着他是不是在等候访客或者在为自己及家人烹调。我听到远处高速公路传来的噪声，然后返回了酒店。天凉下来。约夫娜坐在酒吧里。我在她身旁落座，点了一杯啤酒。我们沉默了片刻，然后我说道："你经常到这儿来吗？"

"我因为你才来。"她说。

我说我并无恶意。

"我也没有。"她说。

"我也没有。我不知道我到底怎么了。那么多的病人——我有一种感觉，这里没有什么起作用。一切都废弃了。我们得赶快。因为一切都发展太快了。"

约夫娜说，如果我愿意，可以去她那儿。她说，她住在一个小村子，距离此地几公里。她的车就停在酒店前。

约夫娜开得飞快。"这会让咱们都送命的。"我说。

她笑了，说道："我的汽车是我的最爱。它让我自由。"

约夫娜屋子里的家具用铬钢和玻璃制作。房角摆着红色哑铃。走廊的一只小型可变架子上挂着一张纸条，上书："你真想要的，你能得到。"

"你的屋子真冷。"我说。

"是啊,"约夫娜说,"这里必须这样。"

"你相信,"我问道,"你能获得一切吗?"

"不,"约夫娜说,"但是我愿意相信。你呢?"

"我不理解你。"

"你不理解人类,"她说,"如果你真正想要……你会花费时间……"

我说,我没有时间。约夫娜走入厨房。我跟在她身后。

"水、橙汁、小麦啤酒,还是茶?"她问道。

我们喝了茶。约夫娜向我讲述了她的工作,她成为护士的原因。我问她业余时间做什么。她说,锻炼身体。晚上她多半太累了,还要外出。周末去看望父母。

"我感到满意,"她说,"我没事。"

然后她开车送我回酒店,告别时她吻了我的脸颊。

早上下起了小雪。前往医院道路上的小水坑冻住了。我在报纸上读到,昨天联邦高速公路上有四名司机因冻雨而丧生。《薄冰》,新闻标题就是这样。

拉丽莎在等候我。她讲述了她昨天看的一部电影。然后沉默良久。她最后说,如果体重下降严重,她会因身体衰弱而死亡。或者因为大出血。然后咯血,不太多,满满一小杯。不痛,极快,几分钟,完全突如其来。

"你为什么向我讲起这些呢？"

"我以为您会感兴趣。这不就是您来这里的原因吗？"

"我不知道，"我说，"是的，也许吧。"

"我在这里没有人说话，"拉丽莎说，"您没有告诉我事实。"

然后她盯住地板，说道："欲望永远不会丧失。如果我还那么虚弱。开始，我和我丈夫在一起，我们天天都做爱。有时候……有一次在森林里。我们去散步。森林潮湿，一股泥土味。我们站着干了这事，靠在一棵树上。托马斯担心有人过来。"

拉丽莎走到窗边，朝外面张望。犹豫了片刻，她说："在这里我做……我自己做，晚上，只在夜深人静时。您干这个吗？因为我可以想象……因为……我想做什么……也因为护士走进来时不会敲门……欲望永远不会丧失。"

她又沉默了。电视上正在播放一部动物纪录片。电视静音了，我看到一群羚羊无声地在草原上奔跑。

"现在马上要播放老电影了。圣诞节前。"我说。

"这是我在医院过的第一个圣诞节，"拉丽莎说，"也是我最后一个。"

我离开了病房，在走廊上碰见约夫娜。她微笑着问我："你今天晚上干什么？"

我说，我还得工作。

我走过医院外的空地,头一次发觉窗户旁众多的面孔。我还发现访客比病人走得更快。有些人哭泣,有些人低头,我希望,如果我每次哀悼某人,我不会太害羞。医院旁边的迷你高尔夫器械被树叶覆盖。森林里有鹿,拉丽莎说,还有松鼠,她在她的阳台上喂鸟。

黄昏时分,我再次走过工业区,在一家快餐店买了一个汉堡包。我走向一幢巨大的建筑,一个家具卖场。我走进去。接待大厅里放了数十把靠背椅,模拟了数十个电视角色。我走过生活设计展览,感觉奇怪,它们多么相似。我竭力想象我房间内的各类家具。然后想起了拉丽莎,自问她和她丈夫购买了哪款电视沙发椅。我想起她丈夫,眼下正独自一人坐在房间里,也许在喝啤酒,也许在思念拉丽莎。我还想起她的孩子,孩子的名字我想不起来了,现在肯定已经入睡了。

在商店门口旁边的大篮子里摆放着圣诞装饰品、灯链、从里面亮起的塑料雪人、制作粗糙的基督诞生塑像。"我们期待您在星期一至星期五的十至二十点,星期六的十至十六点光临。"我离开商店时,在玻璃门上读到这些文字。室外漆黑一片。

第二天,我出发了,再次路过拉丽莎的病房与她告别。她又讲起她在哈萨克斯坦的青年时代、沙漠、她的祖父从德国来到了东方。

"他躺在床上,行将就木,神父来了。他们还说了一些话。他老了。然后神父问,安东,你生活得怎么样——我祖父叫安东——你生活得怎么样?您知道我祖父说了什么吗?冷,他说,我觉得我一生都感觉冷。因为夏天那么炎热。但是他说,我觉得我一生都感到冷。他适应不了沙漠。"

她笑了,然后说:"时间过得太快了。有时我关掉电视,为了让时间别那么快流逝。但接下来我会感到更难承受。"

她讲起了哈萨克斯坦的一位邻居,他的电视显像管坏了。他打开电视,总看见黑色的屏幕。

"如同深夜里有人凝望窗外,因为他知道,那里会有些什么。尽管啥都看不见,"她说,"我害怕。害怕不会消失,只会持续到最后。"

她说,害怕就像体重下降。人在坠落之前,一时会产生四分五裂的感觉。有时是饥饿、窒息,有时好像被挤压。拉丽莎语速飞快,我觉得她想告诉我一切,最近几个月的所有思考。她似乎想让我成为证人,向我讲述她的一生,好让我记录下来。

我站起来,与她告别。她问,我会不会参加她的葬礼。我说,不会,也许不会。我在门口再次转过身,她已在看电视了。下午我驱车返回。

两周后我寄给拉丽莎巧克力。我没有寄她的照片。她看上去病入膏肓。她没有回音。约夫娜给我写了两封友好的信,但我没有回。

半年后,我结束了一次新闻报道回到家中,在信箱里发现一份讣告。"致以最美好的祝愿!"主治医师在上面写道。

## 在陌生的花园里

他眺望窗外,看见一座陌生的花园里聚集了很多人,马上认出了其中的几位。

——约翰·沃尔夫冈·封·歌德,
《威廉·迈斯特的学习年代》第七部第一章

## 看　望

这幢房子非常宽敞，过去孩子们都住在里面，自从蕾吉娜成为孤老太婆，它变得更大了。她逐渐不再步入孩子们住过的房间，每间房间她都感觉陌生，最后只能完全失去。

女儿维蕾娜、儿子奥特玛和帕特里克搬走后，她和老伴格哈德对房间布局稍做调整。以前他们的卧室面积最小，如今终于拥有足够的空间布置工作室、缝纫室和客房。倘若孩子们回来，还能在此过夜，包括孙儿辈。她只有一位外孙女，玛蒂娜是老大维蕾娜的女儿。大女儿嫁给了邻村一位木匠。外孙女玛蒂娜小时候，蕾吉娜帮忙照管过好几次。但是维蕾娜总想母亲蕾吉娜去她那儿住。蕾吉娜的两个儿子奥特玛和帕特里克也从不在母亲家过夜。他们更喜欢深夜时分返回城内。蕾吉娜每次都对儿子们说，睡这儿吧。而他们却说，次日一大早还要上班，或者找另外的借口离开。

孩子们最初还持有房门钥匙。蕾吉娜几乎强迫儿女们保管粗大的旧钥匙，他们也认为这样理所应当。然而时光流逝，他们接二连三归还了钥匙。孩子们声称，害怕把钥匙弄丢。他们可以按门铃，反正母亲总待在家里。如果发生了什么事情呢？他们也知道地窖里藏匿钥匙的地方。

格哈德临终前夕，三个孩子才回家过夜。蕾吉娜打电话给孩子们，让他们尽快回来。他们来到医院，站在床前，不知所措。他们晚上轮班，无须在医院照料的子女则返回家中。蕾吉娜给床铺了新被单，她向孩子们致歉，因为维蕾娜的房间塞入一台缝纫机，奥特玛的房间搬进一张公司更换新家具时格哈德低价买下的大写字台。

蕾吉娜躺倒在床上，想休息片刻，却难以入眠。她听见孩子们在厨房间的轻声细语。次日早晨，他们一道去医院。维蕾娜总在看表，大儿子奥特玛不停打手机，取消或者推迟日程。到了中午父亲去世，孩子们返回家中，履行了若干必要的程序。临近傍晚他们又驱车离开。维蕾娜问是否全都办妥了，母亲是否应付得了，她承诺次日尽早赶过来。蕾吉娜目送孩子们离去，倾听他们在房子前面的交谈。她感觉受到了他们的摆布，知道他们谈论的事情。

格哈德去世后，房子变得更空旷了。大白天蕾吉娜都不打开卧室的百叶窗，好像惧怕光照。她起身，洗涤，泡了一杯咖啡。走到信箱前，取来报纸。她整天都不想走入卧室。不知何时，她甚至考虑住到起居室或厨房。经过其他的房间门口，感觉住在里面的好像是陌生人。后来她扪心自问，购置房子的意义到底何在。时光飞逝。孩子们如今住在他们自己的房子里，按照他们的口味装修房间，更实用，更有生机。但是这些房子总有一天也会变得空空荡荡。

花园里曾挖过一个供小鸟玩耍的池塘。隆冬时节，大雪降临之前，她在那儿喂鸟。她在耸立在屋前的日本枫树上悬挂鸟食。一个极其寒冷的冬天，树被冻坏了，次年春天再没有抽出新芽，最后只得伐掉。夏日，蕾吉娜打开楼上的窗户，期盼着一只鸟或者一只蝙蝠在房间里迷路或者筑巢。

蕾吉娜过生日那天，邀请孩子们回家。有时候大家确实有时间，全都到齐了。蕾吉娜烹制午餐，在厨房洗碗。她为大家煮咖啡，在上楼取咖啡的途中，她发现孩子们酷似参观博物馆的观众，站在他们昔日的房间里畏缩不前或心不在焉。他们靠在家具旁或者蹲在窗台上，讨论政治、最后的假期以及他们的工作。吃饭时蕾吉娜总想将话题转移到他们父亲身上，而孩子们却不予理会，最后不得不放弃。

今年的圣诞节，维蕾娜第一次没有回娘家。她与丈夫、女儿玛蒂娜去山里度假，在她公婆的度假屋借宿。蕾吉娜在卧室衣柜上一如既往地藏匿礼物，好像真的有人会来寻找似的。她准备了圣诞大餐，在留有残雪的堆肥上倒垃圾。大约一周前开始下雪，随后骤冷，尽管眼下大部分积雪已经融化。蕾吉娜竭力回忆着欢度最后一次白色圣诞节的情形。然后她又回屋内,打开收音机。所有电台都播放着圣诞音乐。蕾吉娜伫立在窗前,没有开灯。痴痴地凝望着邻居家。她最终打开灯,吓了一跳,马上又关掉。

蕾吉娜七十五岁的生日那天,全家欢聚一堂。她邀请大家下馆子。菜肴可口,办了一场美妙的生日聚会。奥特玛和他女友先回家,帕特里克也很快离去,然后维蕾娜和她丈夫也准备告辞。外孙女玛蒂娜带来一个男友,一名来瑞士交换一年的澳大利亚男生,与她就读同一所文理中学。她说她不想回家,还与妈妈争执起来。蕾吉娜说,外孙女可以在此过夜。那么她的男朋友呢?她有足够的房间,蕾吉娜回答。她陪女儿维蕾娜和女婿走到室外。维蕾娜叮嘱母亲:"你可得盯紧点,别让玛蒂娜干出蠢事来。"

蕾吉娜返回餐馆,付了账。她问玛蒂娜,她想不想和她男友去哪里逛逛,她可以交给她一把钥匙。但是玛蒂娜摇摇头,男友也笑了。

他们三人一块儿回家。澳大利亚男孩叫菲利普,几乎不会说德语,蕾吉娜好多年都没开口讲英语。她少女时代曾在英格兰待过一年。二战后不久,住在一个英国家庭,帮忙照料孩子。那时候她才觉得她好像得到了重生。她认识了一位英国男孩,在空闲的夜晚有时与男孩同去听音乐会,下酒馆,她在回家途中吻了他。她也许应该待在英格兰。等她后来返回瑞士之后,完全又是另一番情景。

蕾吉娜掏出钥匙打开门，拧开灯。"这幢房子真漂亮。"菲利普用英语说道，然后脱掉鞋子。玛蒂娜消失在浴室里，洗澡。蕾吉娜递给她一块毛巾。透过淋浴房的磨砂玻璃，她看到玛蒂娜苗条的身材，后仰的脑袋，深色的长发，一块斑点。

蕾吉娜走入厨房。澳大利亚男生正坐在桌子旁，膝盖上摆着一台小型电脑。她问，他要不要喝点什么。"你想喝点啥吗？"她也用英语问。这句话好像出自一部电影，澳大利亚男孩笑了，说了几句她没能理解的话。他示意蕾吉娜过来，指指他的电脑屏幕。蕾吉娜走到跟前，看到一座城市的鸟瞰图，澳大利亚人指向一个点。蕾吉娜不明白他说什么，但是她知道他住在那儿，今年一结束就将返回家乡。"是的"，她说，"是的，很棒"，笑了。澳大利亚小伙按了一下键，城市消失了。屏幕上面出了陆地和海洋。整个澳大利亚和全世界。他面带胜利的微笑注视着蕾吉娜，她感觉男孩比她的外孙女还要亲近。她还想靠他更近点，因为他会离开玛蒂娜，如同格哈德离开她那样。这次她要支持更强者，那些走掉的人。

蕾吉娜铺好奥特玛的床。玛蒂娜上楼，再次穿上了衣服。

"我给你拿一套睡衣吧？"蕾吉娜问道。

"我们睡一张床就行了，"玛蒂娜说，她发现蕾吉娜有些迟疑，"你别告诉我妈妈。"

她用胳膊搂住外婆的肩膀，在她脸颊上亲了一口。蕾吉娜打量着外孙女,没说什么话。玛蒂娜随她走下楼梯,进了厨房。菲利普正在电脑上打字。玛蒂娜站在他椅子的背后,把手搁在他肩膀上,跟他讲了几句英语。

"你真能干!"蕾吉娜说,她觉得此刻玛蒂娜成熟了,也许是第一次,比她更成熟,充满了女人需要的力量与自信。蕾吉娜道了一声晚安,上床去了。玛蒂娜和菲利普还坐在厨房,好像这是他们的厨房,他们的房子,然而也没有妨碍到蕾吉娜。很久以来她再次感觉房子里有了人气。她想起她从未涉足的澳大利亚,想起菲利普给她展示的鸟瞰图,然后回想起她曾经与孩子们度过几次假的西班牙。蕾吉娜站在浴室里,刷牙。她累了。她再次踏上走廊,看到厨房门下透出的灯光,替玛蒂娜和菲利普还未入睡而高兴。

蕾吉娜躺在床上,听见菲利普走入浴室和洗澡的声音。她真想再次爬起来,递给他一块毛巾,随后又打消了这个念头。她想象着他如何从淋浴房走出来,用玛蒂娜的湿毛巾擦干了身子,穿过走廊步入厨房,玛蒂娜正在那里等他。两人拥抱,走到楼上,一道躺下。蠢事,维蕾娜说过,她得盯紧点。然而这不算蠢事,一切都将飞逝。

蕾吉娜再次起身,来到走廊上,没有开灯。她站在黑暗中,谛听。她走入浴室。街灯的微光射入房间,毛巾搭在浴缸边。蕾吉娜拿起来,压在脸上,感觉额头上凉悠悠的,有一种陌生的气味。她放下毛巾，返回她的房间。

她再次在床上躺下，想起她不会有机会造访的澳大利亚。她大概也不再有机会造访西班牙，可她想，也许可以去别的地方再旅行一趟。

# 火　墙

电视机发出一阵沙沙声。亨利将音量调到最大，走到外面。天气依旧十分炎热。他转动摆在沥青空地上的自制卫星天线，知道卫星的大致方位，东南方。日落之处是西方。随后沙沙声突然消失了。亨利听到了声响和音乐。他走上金属楼梯，在汽车驾驶舱后面的简易房间里，他的栖息场所简直闷热至极。一张床，一把椅子，一台电视机，一台冰箱，所有的生活必需品。没有窗户，墙壁上悬挂着两面美国国旗，一幅万宝路广告，一张亨利从某块木板墙上撕下的色情展会的招贴画。他关掉电视，拿出折叠椅，坐在汽车前的落日余晖下。叠堆在一起的集装箱抛下长长的阴影。

其他同伴的拖挂式房车尚停在邻村，昨晚那里举办了一场表演。他们需要一整天时间才能把汽车和剩余物品搬到此地，搭建看台。中午下了雨，乔在此前心情就不太好，一会儿这样，一会儿那样，这就是乔。查理去了别处，奥斯卡在捣鼓他的摩托车。亨利再次独自干完了所有的活计。亨利，这个"纵火犯"。实际上，所有人都觉得他是一个姑娘,所有人都认为他是一个傻瓜、守夜人、蠢狗。只有在表演时他才变身"纵火犯",躺在车顶,而奥斯卡会驾车穿过火墙。

其他人都有漂亮的拖车。乔的车能向四个方向展开,变成一间真正的公寓,配置了软垫、录像机和各种物品。亨利也想拥有这么一辆拖车。他还想要一个女人和孩子。四十岁前他没那么多时间,倘若有合适的女人,老板也不反对。类似奥斯卡的老婆杰奎琳,查理的老婆维蕾娜。乔的女人佩特拉,曾经给亨利做过饭,有时候还替他洗衣服。别人拥有一切,他却一无所有。找一个女人可比买一条新裤子要花更多的钱。

亨利不抱怨,他自有他的平静,而且能随意瞎逛。他其实无法生活得更好。他到底需要什么呢?他现在感觉不错,比当年在东德好。那时他是挤奶工,柏林墙倒塌后失业了。有人愚弄或欺骗他。他四处游荡,争斗,从社保局领来少量救济金,进了游戏厅便输个精光。有一天晚上,乔和他的剧团进城,演出结束后,亨利来到艺术家面前,帮助他们拆卸看台。乔说,我们需要他这类伙计,亨利咧嘴笑了。这番话并不常有人对他讲。因此次日剧团开拔时,他加入了剧团,一块儿离开。从此以后,他跟随流动剧团走南闯北,从一座城市到另一座城市,从一个村庄到另一个村庄。他摆好卫星天线,守护这些车辆,每天晚上砰的一声,一头穿过火墙。

"纵火犯"是佩特拉取的,"纵火犯亨利"。六七年来,他都跟随着剧团,住在他的"棚屋"里。今年你就能获得一辆拖车,乔向他打包票。而他随后说,他不要拖车,不想让他们看着像是吉卜赛人。而且毕竟晚上得有人看管汽车。乔说,你什么时候去找个女人,我们就再考虑考虑。奥斯卡答应教亨利学会用两只轮子开车。

亨利听到啪的一声响,轻微却扎实。他站起来,朝停靠的车辆走去。沥青路面被雨水衬得闪闪发亮。亨利跑过集装箱卡车间的狭窄通道,感觉好像是亚利桑那大峡谷的印第安人。又是砰的一声。亨利跑向汽车,正好看见一块石头从空中飞过来,击中了一辆汽车的后挡风玻璃。他朝石头飞来的方向跑去。站住!然后他看见一群顽童四散而去。他咒骂着,从地上捡起一块石头,朝他们扔去。这帮小孩子迅疾消失在集装箱卡车后面。

亨利站在铁轨旁,铁路朝两个方向延伸到远处。他左顾右盼,开始奔跑。他在路堤的另一侧停下来,等待了很久,直到一辆货物列车驶来。他像小时候时那样数着车厢。在美国有人跳上货车,周游全国。亨利思量着火车开行的方向。他数了数,总共有四十二节车厢,满载碎石。

太阳在附近的山峦后边落下,天空依然明亮。亨利沿路堤奔跑,来到一条通往主路的乡间小路上。他老远就看到这只大大的黄嘴巴，走到近处，原来是一个真人大小的塑料小丑，正坐在快餐店前一条长椅上微笑。

快餐店的一角有三位森林工人围坐在一张桌子旁。柜台后面站着一名年轻女子，叫马努艾拉，因为胸牌上这么写。亨利点了汉堡和可乐。啤酒他们没有，马努艾拉说。等一会儿。

"您来自东边吗？"亨利付账时，她问道。

我从东边来，亨利说。他是艺术家。那儿，他指指集装箱营地方向，那里明天有一场演出。汽车特技表演。她如果有兴趣，他能让她免费入场。汽车，马努艾拉说，她不感兴趣。一场特技秀，亨利说，一场汽车秀，亨利说，汽车，用两只轮子驾驶。驾驶摩托车从四十个人的上方飞越。

"四十个人？"马努艾拉问。

"他们并不是真正躺在那儿，"亨利说道，"过去是这样。"

星期一他们将启程去别的地方，他说道。

然后继续往南，一路向南，直到意大利或者希腊。

"希腊风景如画，"他说，"你每天都可以下海游泳。"

他说，他叫亨利。马努艾拉，她报了自己的名字。我知道，指了指她的胸牌。马努艾拉笑了。他是不是一位真正的特技演员？是啊，差不多，他说。她有没有男朋友？她也可以带男友过来。没有，马努艾拉说。她讲一口甜美的方言腔。其实她本人也很甜美。

"我也没有女友，"亨利说，"总是在路上。"沉寂了片刻，马努艾拉随后说道，等一等。她回到厨房，然后马上又回来，塞给亨利一份苹果派。

"拿上，"她说道，"当心，还烫着呢。"

"要是被我上司看见，"她说道，"我会被开除的。"

"那你就跟我们一起走。"亨利说。

马努艾拉必须工作到子夜。明天一大早她有空。当然。她不会去教堂。星期天这里啥事都不会发生。只有皮草缝制团体或者鸟类协会的小动物展。

"你喜欢这些动物吗，鸟类和兔子？"

"当然，"亨利说，"能供人观赏。"

他们相约次日九点在公交车站见面。但是中午他得返回，亨利说，他要准备下午的表演。


他俩对小动物展都不感兴趣，一刻钟后又走到外面。他们在饮食帐篷里吃了点东西，喝咖啡。

"我父亲养了一条狗，"亨利说，"德国牧羊犬。"

"我曾经养过一只仓鼠。"马努艾拉说。

"你最喜欢什么？"

"小兔子。幼崽。"

"看它们待在笼子里,"亨利说,"那样子似乎很害怕。"

他最喜欢鸟。五颜六色的鸟。鹦鹉和斑胸草雀以及所有这类鸟。其中一位饲养者告诉他们鸟的名称和出产国。一名高大的男子,自己的脸也像鸟,说话声极为响亮。这是一种病,马努艾拉这么认为。

"你想来一块蛋糕吗?"她问道。

"一块苹果派?"亨利咧嘴笑道。

"假如被主管发现。"马努艾拉说。

然后她沉默了。饮食帐篷里正在播放民间音乐。

"你会讲笑话吗?"亨利问,"你喜欢音乐吗?"

"我喜欢埃尔维斯①,"马努艾拉说道,"以前。一直如此。"

他们喝完咖啡,动身离去。他们离开村庄,走向集装箱营地,穿过一处均是高楼的居民区。马努艾拉在此地长大,几年前她父母搬走了。如今她与一位女友同住在村里。道路顺铁轨延伸。亨利拔了一朵长在路堤旁的野花,递给马努艾拉。她说谢谢,朝他眨眨眼。

"我也有过一个兔棚。"亨利说。

他没有料到马努艾拉会跟来。色情博览会的海报令他觉得尴

---

① 指埃尔维斯·普雷斯利,美国著名摇滚歌手,演员,别名"猫王"。

尬，但好像没有妨碍她。她仅仅说了一声：男人的家当，就一屁股坐到未曾收拾的床上。

"经常有姑娘来你这儿吗？"

"啊？"亨利说，"我一直在路上。狗屎一样的日子。"

他亲吻她，显得笨手笨脚。他企图脱掉她身上的衣服，马努艾拉只好帮助他。她的牛仔裤非常紧，她不得不躺在床上，与此同时他从下面拽住裤腿。胸罩没拉链，必须像T恤衫那样从头顶撸下来。真是怪事情，亨利说道。剩下的活儿马努艾拉自己做了。然后亨利脱掉自己的衣服，急匆匆地被她扳过身子。他坐到床上，没有转身，赶快滑入了薄薄的被子下。

"这里真舒服。"亨利再次穿上衣服，煮上咖啡时，马努艾拉说道。

"我啥都不需要，"他说，"我有我要的一切。"

他讲道，其他伙伴出自艺术世家，只有他和奥斯卡的妻子杰奎琳不是。她像亨利，不知道何时加入了剧团。事情就是这样。她有一个丈夫和三个孩子。后来，她认识了奥斯卡，私奔，再也不回去了。她只是离开了他们，那个家。

"事情就是这样。"亨利说。

"发生了。"马努艾拉说。

亨利说，其他人过去走钢丝，赚不到钱。后来奥斯卡的兄弟摔了下来。钢丝绳断裂。维蕾娜的第一任丈夫也从钢丝上掉下来。骑摩托车。亨利讲述了这些事故,仿佛在替死者感到自豪。

"恐怖。"马努艾拉说,抿了一口咖啡。

"在开姆尼茨出的事。"亨利说。

他在表演时扮演什么角色,马努艾拉问。

所有一切,他说。他是大伙的姑娘。然后他把电话号码告诉了她。

"你疯啦。"马努艾拉说道。

"没有,"亨利说,"没有。"

他再次向她解释了整个表演过程。奥斯卡加速汽车,他躺在车顶,手脚被牢牢固定。他仰头往前看,盯住火墙。只要可以,他就看着。然后把头放平,咬紧牙关。他会在感受到冲击之前,先听见木板碎裂声音。汽油味弥漫。木板爆裂,燃烧的木片四处飞溅。这是多么的、多么的……

"多么漂亮的场面。"

"你疯了。"马努艾拉说道。

"你不明白,"亨利说,"这是多么……"

"你难道不疼吗?"马努艾拉问道,"你疯了。我现在必须离开。"

临近中午。马努艾拉走了,亨利觉得开心。他不想让别人看见她。她答应出席晚上的表演。亨利说，他在入场处接她，她只需在门口左侧等待。他到那儿接她，不用买票。

"我来接你。"他说。

马努艾拉走后，亨利撕掉色情展会的招贴画，铺了一下床。他考虑还能做点什么事，能让女人在这个简易窝棚里感觉舒服。马努艾拉说过，里面舒服。也许她像杰奎琳，也许她也想离开此地，无所谓以何种方式。床不算宽，但在最初阶段也暂时够用了。

几个顽童砸碎了两块后挡风玻璃，乔不停地抱怨亨利没看管好。亨利说，他根本无法时刻戒备。他们共同为下午的表演准备汽车，绑好车门，将轮胎固定在奥斯卡即将驾驶着翻滚的那辆汽车顶上。亨利将要躺在上面穿过火墙的那辆丰田牌汽车，有一个轮胎已经磨损，露出了内层的帘子布。一旦我不小心……亨利说。但是备用轮胎和轮毂不相配，他只好再把旧轮胎装回去。

"见鬼吧，"他说道，"如果它爆了，那就让它爆了吧。"

随后查理驾驶半挂车的牵引车，运来两辆随后要压扁的报废汽车，一辆帕萨特，一辆阿尔法·罗密欧蜘蛛。这款阿尔法我曾经也拥有过，他们卸车时，查理说道。奥斯卡让他的川崎引擎发出轰鸣声，在广场上跑了几个来回。他在表演前有些神经质，入口处站了一群爱看热闹的观众。佩特拉调好音乐。两只巨大的喇叭播放着摇滚乐，然后传来佩特拉的声音。

"汽车和摩托车风驰电掣。只有在电影和电视上才能看到……"

观众席上慢慢坐满了人。有些年轻人只有站位，也有人爬上半挂车的车头。亨利消失在他的简易窝棚里，穿好蓝色工装裤，取过头盔。他上百次地穿越过火墙，但是他每次都在期待他的出场时刻，期待火魔亨利的出场。

"要是掌声不够热烈，这里啥都不会灵验！"他走上楼梯，听到扬声器传来佩特拉的声音。奥斯卡驾驶摩托车越过壕沟。二十人，三十人，四十人。然后乔和查理用两只轮子驾驶他们的汽车绕圈，在车窗内向外面打招呼。观众们鼓起掌来，没有显得特别兴奋。

"这不过算暖场，"佩特拉说，"这里马上会真正热闹起来。"

亨利竖起木板墙，浇上煤油，点燃，然后跑回奥斯卡发动起来的汽车，爬上车顶。侧窗已经摇下，这样他能更稳地抓住。他张开了双腿。奥斯卡缓慢启动，然后愈来愈快，火墙愈来愈近。今天晚上我要为马努艾拉越过火墙，亨利想道。他要给她一个信号，向她招手或者干些他之前没有做过的事。我要睁大眼睛，他想。为了马努艾拉。当一切结束，收拾干净，其他人散去，她也许会在表演结束后再去车厢里找他。

他没有听见轮胎的爆裂，只是突然感觉汽车朝前方倾斜，往侧面调转。亨利的腿从车顶抬起，他的下腹，他感觉双手从他身上撕裂。然后他松手了，完全飞向空中。他飞了起来，看见观众惊奇的面孔，自己也大吃一惊。那情形，仿佛他身下的世界都静止了，仿佛只有他在运动。亨利飞向空中，他越飞越高，越飞越远。美不胜收。他现在看到湛蓝的天空在自己身下，几片升起的乌云。也许还会下一场雨。

马努艾拉整天下午都与邓妮思待在矿坑湖畔。她向女友展示了亨利给她留下的吻痕。

"这家伙几岁了？"邓妮思问，两个女子哑然失笑。

"他很可爱，"马努艾拉说道，"一个东德佬。"

"亨利，可不这么叫嘛，"邓妮思说，"你都是从哪儿认识这些家伙的？"

"特技替身，"马努艾拉说，"他很可爱。他很少做那种事，我能感觉到。"

"我下水了，"邓妮思说，"你也来吗？"

马努艾拉没有入水。她躺在太阳底下，身体感觉愈来愈温暖，愈来愈沉重。她感觉到皮肤上太阳的灼热，她把耳朵贴在地面上，听到沉闷的脚步回声。她想起了刚刚开始的夏天，想起她将要与邓妮思和其他朋友们在矿坑湖畔度过许许多多的夜晚。她想起他们点燃的篝火，想起那些年轻小伙，他们游完泳去某个地方，去多米诺,去城里或者去火车站后面的酒馆,他们驾驶装饰过的汽车飞驰。她真想爱上其中一个男孩,但这些人又是多么的幼稚。去年夏天,安迪成了她的男友。他在矿坑湖畔经营着一家书报亭,挣得不算差。冬季他歇工了,整天无所事事,到了中午就泡在酒吧,与女服务员——一位南斯拉夫女子——调情。你得做出决定,她对他讲过。但最后是她做了决定。他们已经一道去上学了。

马努艾拉设想着与艺术家们周游全国的情形,但是她没兴趣与亨利栖身在肮脏简易的窝棚里,没有浴缸或者其他东西可不行。在一个逼仄的房间内热得要命,弥漫着未洗涤衣物和加热食物的气味。其他人根本不认识她。杰奎琳弃家不顾。其他人叫什么?其他人的名字很滑稽。马努艾拉想象他们在房车前晾晒衣物,考虑如果他们整天人在旅途,孩子们要去哪儿上学。在希腊。她曾去过希腊,夏季,与她父母一块儿。那里炎热难当。她什么都没有弄明白。他送花给她的时候特别可爱。但是亨利起码比她大十岁。我还年轻呢,她想道,我还没有蠢到那种地步。

"他躺在车顶,这辆车会穿过一面火墙,"她对着刚刚回来,还在甩动着湿头发的邓妮思说道,"别甩了!"

"这种疯狂行为,我闻所未闻,"邓妮思说,"肯定有什么把戏,像在电影里。几点了?"

"三点半,"马努艾拉说,"不,不是把戏,他真这么干了。"

朵朵乌云飘过。马努艾拉和邓妮思坐起来，穿好T恤衫。

五点钟左右下了一场阵雨。两个女孩跑向书报亭，站在下面。她俩与安迪聊了一会儿。他送给她们冰淇淋，打听她俩今晚是否去玩多米诺。一群邻村的人也来玩。

"我们去看特技表演，"马努艾拉说，"去货柜车营地。"

"她爱上了一名特技演员。"邓妮思说道。

"胡说八道，"马努艾拉说，"以后再玩吧。"

雨势减弱，不比之前凉快多少，只是更加气闷。潮湿的集装箱在夕阳的斜照下金光闪闪。邓妮思与马努艾拉一道来看表演。她对亨利充满好奇，他却不见踪影。

"他忘了你吧。"邓妮思说道。

"肯定没有。"马努艾拉说。

演出开始前，她们走到收银台旁的一个胖女人处，买了两张票。

表演结束后，一辆超大轮胎的卡车碾压着报废汽车。两位艺术家把汽车推到广场上。胖女人说，这是演出的高潮。

"哪个人是他呢？"邓妮思问道，马努艾拉摇了摇头。

"现在呢？"邓妮思问道。

最后卡车终于停在一辆压扁的汽车上。司机爬下驾驶室，沿着小梯子走下来，跳到空地上。观众热烈鼓掌。

"万事有头也有尾。"一个女人在话筒旁说道,关掉了音乐。观众们起立。有些人聚集在那些压扁的、犹如死去动物般躺在那儿的汽车旁。有一位顽童拽拽压扁的车门,踢踢轮胎。有一个男人企图拆下阿尔法·罗密欧的车标。"不满四十人,"他说,"从来没有这样过。"

艺术家们站在一旁,轻声交谈。马努艾拉觉得,他们看上去显得很失望。观众们陆续离去。前边的空地上仍然传来摩托车的轰鸣声,轮胎摩擦的声响。马努艾拉和邓妮思独自坐在看台上。她们观察着这群人清理现场。几个村里的小伙子也来帮忙。

"我们走吧?"邓妮思问道。

"穿越火墙的是另一个人。"马努艾拉说道。

"这家伙纯粹在骗你。"邓妮思说。

"但不是把戏,真的。"

随后艺术家们开始拆除看台,两个女孩子起身。

"也许他还会来。"马努艾拉说道。

"打听打听吧。"邓妮思说,可马努艾拉不想这么做。

"我们去玩多米诺吧?"她们打开自行车锁时,邓妮思问道。

"无所谓,"马努艾拉答道,"没事。反正本来就不会发生什么事。"

## 在陌生的花园里

盛夏时分，阳光透过关闭的窗户缝射进来，在临街房间的墙壁上留下明亮的斑点。又窄又长的光柱缓慢向下滑动，落到地面上，变宽，越过镶木地板和地毯，照亮四处摆放的物品——一件家具或者被遗忘的玩具，到了黄昏又爬上对面的墙壁，最终消失。厨房窗边的百叶窗没有关，一大早就沐浴在耀眼的光芒下。若有人走进来，一定会以为房屋主人暂时去了花园，马上就会回来。一块抹布搭在水龙头上，炉灶上支着一口平底锅，好像有人刚刚使用过。光线在一只布满小气泡的半满玻璃杯中发生了折射。

从厨房窗户可以看见花园里的芍药和黑醋栗树丛，老西洋李子树和高耸的波叶大黄。九点钟或者稍晚，气温上升之前，还能见到女邻居走在砾石路上，悄然无声地给秋海棠浇水，清洗露天台阶上罐子里的厨用香草。稍后，她消失在屋后，在那儿注满大水壶，给西红柿、覆盆子和蓝莓浇水。房屋墙壁上水管发出的声响显得格外吵，而这是寂静屋内的唯一声响。

路特曾交代过，女邻居应该多摘些浆果，否则等她回来时，果实早已熟过了头。而女邻居没有采摘。她每天早晨给花园浇水，然后在最炎热的日子，临近傍晚时第二次过来，再给花盆里的植物浇水，西红柿叶在酷热中蔫了。她浇完水后，没有轻易地跨过矮篱笆，而是走大门离开花园，来到街上。

女邻居有一把房门钥匙，却不喜欢进去。她打开门，将邮件放在挡风门内的五斗橱上，码成两叠，一叠是报纸，另一叠是其他邮件。透过内门的磨砂玻璃，她知道房内一片昏暗，也许能看见透过窗棂的微光。她打开第二扇门走入厨房——路特把室内盆栽都放在那儿了——之前犹豫了片刻。那里边，桌子上摆着十五到二十盆大小不一的花：常春藤、杜鹃花、开着白花的马蹄莲以及一棵矮小的无花果树。她给铜壶里注满水，开始给植物浇水。她让大门和内门保持敞开。她每次都要观察水槽旁半满的玻璃杯，想倒空它，随后又有所顾忌，因为她不知道这到底有什么含义。

一次，也是唯一一次，女邻居走入起居室，四处观望。在餐柜上摆放着嵌在相框里的儿童照片和几张贺卡。她拿起其中一张贺卡，读道："亲爱的路特，我们衷心祝愿你四十岁生日万事如意，希望你生活美满，如你所愿。你的玛丽安妮和贝亚特。"两个名字出自同一个人的手笔。贺卡上还画了一只巨足老鼠，怀抱一束鲜花。

对路特而言，似乎流年不利。女邻居常常对她丈夫说，大家也许觉得这只是些家庭琐事。一派胡言，丈夫看都没看她就评论道。然而，路特和她的家庭好像遭遇了不幸。路特的父亲在村里的主干道旁经营一家文具纸张商店。她与三个兄弟在文具店上的公寓房里长大。这个家庭最小的儿子出生之后，他们的妈妈就患了不治之症。前几年还能看见她拄着拐杖穿过大街，然后再也不离开家，渐渐难觅踪影。

文具店同时也是村里的书店。可售卖的图书不多，只摆满了一只书架，上面放了几本童书、长篇小说、烹调书籍，还有法国、意大利以及几座城市的导游手册。如果需要，所有图书都可订购，路特父亲说过，他好像觉得没有必要摆出太多的图书。实际上他也不必订购，当地人大多满足于书架上的书，或者进城买书。商店采用深色的木材装饰，几乎门可罗雀。店主好像也不喜欢待在里面。如果有人进来，他要等一会儿才从后屋出来；如果遇到顾客犹豫不决，他又会走开；倘若要付账，他必须再次出来。

三兄弟外表平静严肃。他们好像没有朋友，但不让人反感。大家很少在街上见过他们，后来只有他们一块儿出行才能看见。他们毫不起眼，除非其所作所为完全不同于他们平时的表现。这些行为都显得异常沉重，有时还使用了暴力，全村人都议论纷纷。有一次，两个年纪最大的孩子埃利亚斯和托马斯点燃了一座空谷仓。事后也无法查明起火的原因，而他们却没有否认。有一回三兄弟杀死了一只猫。另一次，大家发现有个孩子割断了一条文具店架设到街道对面的路灯电线。路灯像钟摆一样跌落，在人行道上摔碎，差点击中了一位骑自行车的女士。兄弟们神情专注地搞破坏，没有想伤害别人。有人问他们，为什么把盐酸浇在老师的汽车上，他们自称想看看会发生了什么化学变化。后来，这位老师竭力不想让此案呈送到法官面前。

西蒙，三兄弟中最小的孩子，与女邻居的儿子一块儿上学。他俩一直都是好朋友。有时候西蒙去做客，小男孩一道玩耍或者阅读漫画。遇到天气晴朗，女邻居让他们到户外活动。小男孩从未进过西蒙家。女邻居做得对。她无法想象商店上方公寓内的情形，那里除了一位病得不成样子的女人，还住着其他人。

路特的爸爸大约十年前就去世了。他开车掉进了运河，在饲料磨坊附近。三周以后才被发现，汽车在运河底部躺了三个礼拜，父亲就在车内。村里没人相信这是一起事故。

后来西蒙吸了毒。大伙儿在传，他在远东的一座岛上生活了半年。后来报纸上刊出一则讣告，谈及一种长久的疾病，产生了新谣言。托马斯搬走，埃利亚斯结婚，住在村庄的另一头，但是女邻居自从住在这儿起，就从没有在路特那儿见过他。

路特与她的兄弟们完全不同，小时候便非常温顺，是一个好学生，也是童子军和体育俱乐部成员，小组长，在青年教会那儿比较活跃。毕业后直至结婚，她都在父亲的商店里帮忙。但是她也抵挡不住商店里的昏暗，很快便消失在后室。父亲身亡后，家里把商店卖给了邻村拥有一家文具纸张店的老板。母亲依旧待在商店上面的公寓房内。她有人帮助，路特每天都去看望她。

路特搬进隔壁的这幢房子里，女邻居颇感高兴。多年前发生的不愉快事件使她与过去的住户很难相处。第一天，路特就与家庭成员来到门前，自我介绍。女邻居立马喜欢上了路特的两个姑娘，非常乖巧，像母亲般快乐，充满活力。

路特开始改造花园，清除了地皮边缘保护房屋免遭窥视的灌木丛，种植了浆果灌木。她培育了蔬菜，巧妙栽种花床，使园子里总有鲜花盛开。她的丈夫有时修剪草坪，否则在花园里很难见到他身影。到了夏天，路特点火烧烤，烤完后把肉端回屋内。

路特显得幸福快乐。她的幸福具有某些羞涩的味道，酷似某个人挺过了重病，尚不敢真正相信再次完全康复。

一个可爱至极的家庭，女邻居常常对她丈夫这么说。有一天她了解到，他们的婚姻破裂，丈夫搬了出去，简直无法理解。路特这才垮掉了。她之前遭受了各种命运的打击，从来没有灰心丧气过，她的兄弟们干了诸多坏事，她帮助他们，甚至父亲去世，她照样从容不迫地走过此地。并非突然发生，像一种慢镜头的摄影，其中建筑物的墙壁解体，破碎，内部坍塌，直到看见一团扬起的尘土。女邻居看见路特站在花园里，弓着身子，目光呆滞，手握一只耙子，似乎麻痹了。她束手无策，只能在一旁观望。

女邻居将贺卡放回餐柜，打开最上面的抽屉。只有桌布和餐巾纸。在第二只抽屉内她发现了编织工具，一件刚开始编的套衫，也许是替一位女儿织的。她打开最下面的抽屉，突然一阵内疚，立即又合上。她挺直身子，在贺卡旁还放着一张皱巴巴的纸条，一份备忘物品清单。拖鞋、接触镜片的清洁剂、长睡衣和读物。女邻居揣起纸条，也许是为了丢弃它，然后离开房子，用钥匙锁好身后的大门。

七月份的天热了起来。那时路特整晚都让窗户敞开。她若在早晨关闭窗户，房子还里能保留夜间的温度，让清凉一直保持到下午。但是，如今没人负责开关窗户，房子从屋顶到地下室都热了起来。空气无味且干燥，只有在厨房内，里面放着花盆，如同暖房中嗅到的气味。

房间内寂静无声。有时候走廊上的电话响了七八下，有一次压低音量的进行曲音乐飘进来。居民区有一位老大爷庆祝他九十岁生日，响起了管弦乐。街道上人流涌动，小孩子坐在花园篱笆上，音乐家整理好曲谱，重新开始演奏，大人们站在一起，在曲目演奏间歇交谈或者沉默不语。他们匆匆地演奏，缺乏热情，到了终于能够收拾乐器时，似乎才高兴起来。他们至少应该穿上制服再来，女邻居回到家里对她丈夫说。

晚间，花园是动物的天堂。猫，有时候还有刺猬、貂或者一只狐狸。几年前女邻居还看见过一只獾，在有机肥料里翻找。除了她，没人见过獾，她不再想提及这些陈年往事，因为她发现没有人相信她。

一天晚上，狂风大作。街道对面的冷杉树被吹得东倒西歪，白桦树的小树杈跌落在街道上。女邻居站在窗前，凝望窗外。总有一天冷杉树会被砍掉，因为树已老朽，生了病，早就应当伐掉。但是对面住家的房间租出去了，经常更换租客，没人关心花园。

天黑时分开始下雨。阵雨扫过街道，雨点敲打窗棂。路灯在风中摇晃，灯光变得活跃，犹如一个不安分的身影从昏暗中走过。女邻居想，倘若她发现路特家亮灯会做出什么反应。近来发生过几起破门而入的事件。明天我就不去花园浇水了，她想。开灯，打开电视。她上床时，风力减弱，开始下雨。

早上阳光照在湿漉漉的大地上，万物生辉。空气凉爽，风又开始强劲地吹送，天空上云彩飞扬。女邻居骑上自行车去公共游泳池。她每天早晨都去游泳。游泳池空无一人。她离开泳池之后，游泳池管理员锁上门。入口处的黑板上写着前一天的水温。

女邻居还在骑行，天空又开始飘起雨点。她做了中饭。吃饭时，她说她想再次拜访路特。给她捎去邮件，也许还有一本书。而她丈夫说，她不应该掺和。然后她向他讲述了她发现的纸条。他不明白她在说什么。他默不作声地注视她。女邻居想象着路特收拾物品、拖鞋、接触镜片的清洁剂和长睡衣，不知道她何时才能回来。

　　路特请求女邻居帮忙浇花，她才获悉路特不是第一次住院。路特说医院里有一座美丽的花园，古树参天，像一座公园。姑娘们早被人接走，到了中午，一辆出租车停在房子前，路特拎着一只运动包下车，匆匆看了一眼女邻居的房子。女邻居站在窗户旁的白色窗帘后面，她犹豫地举起手，好像在问候。

　　女邻居不知道，她为什么拿起这张纸条，为什么老把它插在围裙口袋里。"读物"这个字眼让她感到惊奇和触动，她自己不明白，她与路特并不熟。

　　"她喜欢阅读。"她说道。她丈夫并没有从碟子上仰起头。她感觉眼泪夺眶而出，便快速起身，端起空盘子走进厨房。

## 整 夜

从下午开始雪花由天而降。他窃喜请好了假,因为雪愈下愈密,半小时后所有街道都盖上了雪被。他看见房屋管理员正在房子前打扫人行道。他头戴风帽,在一座昏暗的小安全岛上与纷飞的大雪徒劳地搏斗。

真幸运,他这回没乘车去机场接她。上一次他从自动售货机给她买了一束花,劝说她长途旅行到曼哈顿应该坐地铁。她几天前打来电话,认为他来接她完全没必要,她自己能打车。

他伫立在窗前,朝外望去。飞机如若准点,她应该在半小时后赶到这儿。而他此刻变得焦躁不安。他摒弃了过去几周想好的,一再背诵过的话。他知道她要一个解释,他也知道自己没有。他没有解释,但他也问心无愧。

一小时后他再次站在窗前。雪下个不停,比刚才更猛烈了,一场真正的暴风雪。房屋管理员放弃了搏斗。此刻万物皆白,甚至连空气似乎也变白了,刚刚开始的黄昏也出现了明亮的灰色,几乎无法与纷纷飘落的雪白色相区别。汽车异常小心地缓慢行驶。尚在户外走动的少数几个行人顶风冒雪，艰难前行。

他打开电视，所有当地的频道都在报道暴风雪。非常奇怪，人们还给它取了名字，电视台都知道。郊区的混乱比城区更甚。海岸传来洪水报道。但是外派的节目主持人，穿着厚厚的衣服，对包裹着奇怪防风罩的麦克风滔滔不绝，显得心情不错，还朝空中扔雪球，只有当他们必须报道物资和人员损失时，神情才严肃起来。

他打电话给航空公司，被告知航班由于天气原因改飞波士顿了。他还没有完全搁好听筒，电话铃又响起来。她从波士顿打来电话，说她马上得出发。传言肯尼迪机场将再次开放。也许她还得在波士顿过夜。她说她思念他，他回应她应该照顾好自己。她说，回头见，挂掉了电话。

户外漆黑一团。大雪不停地飘落，飘落，飘落。除了几辆龟速行驶的出租车外，再也看不见别的汽车。

他本想与她一道去吃饭，现在却感到饿了。她赶到这儿可能还需要个把小时。冰箱里只剩下几罐啤酒、一瓶伏特加和冰块。他想他得采购一些食物。经过长途跋涉之后，她多半饥寒交迫。他穿好温暖的大衣和橡胶长靴。他没有别的高帮鞋子，平常也几乎不穿长靴。他带了一把伞，走到户外。

雪积得很厚，但下得小了，他可以轻松地伸腿蹚过去。几乎所有的商店都已关门，只有少数几家商店的员工还不辞劳苦地挂出一块临时的牌子，说明提前关门的原因。

他横穿这座城市。大雪覆盖了列克星敦大街，在公园大道上他看见不远处的扫雪车亮着橘黄色的灯光，排成一个车队驶过来。麦迪逊大道和第五大道不知何时清扫过了，然而很快又被白雪遮掩。他在人行道尽头不得不攀上高高的雪墙，跳了下去，雪粒钻进了靴子。

一名长跑者从时代广场跑过。霓虹灯的广告闪烁，好像什么都没有发生。在巨大的寂静中，这种色彩绚丽的运动具有某些鬼怪意味。他继续前行，沿百老汇大街往上走。在哥伦布圆环，他看见一家咖啡店的窗户内灯火通明。他过去在店里休息过，店主和服务员都是希腊人，食物上佳。

咖啡店里只有几位顾客，大多独自坐在落地玻璃窗的座位旁，喝着咖啡和啤酒，凝望窗外。气氛忽然像是要过节了，无人说话，好像他们是一场奇迹的见证者。

他在一张桌子旁落座，要了一杯啤酒和一块总汇三明治。他靴子里的雪开始融化。侍者端来啤酒时，他问侍者，为什么咖啡馆还没有关门。他们没有估计到雪下得那么大，侍者回答，现在回家太晚了。他们大多住在皇后大道，暂时无法回去，因此只好让咖啡店开门。

"也许要开一整晚。"侍者说着,笑了。

回去的路似乎更容易走,尽管雪仍然不停地下。他让人打包三明治,这才意识到他不清楚她喜欢吃什么。他带了一份火腿和奶酪三明治。不加蛋黄酱和腌黄瓜,这点他知道。

她在电话应答器上留了言。航班又取消了,波士顿机场也关闭了。工作人员送她去火车站,应该还有一班火车。如果一切顺利,她将在四小时之后抵达曼哈顿。电话是一小时之前打来的。

他又打开电视机。一位男主持站在一张地图前解说,暴风雪沿海岸往北推进,已抵达了波士顿。纽约最可怕的时刻过去了,男主持微笑着说道,但是整晚还要下雪。

他关掉电视机,再次走到窗前。他不再琢磨男主持的解说,而是注视窗外。他熄灭顶灯,打开台灯,然后煮上茶,坐在沙发上开始阅读。子夜时分他才上床。

门铃响起来,已是凌晨三点。他走到门前,铃声再次响起。他摁了一下大门开关,等了一会儿。他穿过门廊,来到电梯旁,尽管只穿着短裤和T恤。好像过了很久。

他当然知道她已经到了,电梯门一开,他看见她站在跟前,还是觉得惊奇。她就这样站在那儿,站在一个巨大的红色行李箱旁,等待。他走向她。他想要亲吻她,她也抱住了他。电梯门在他身后关上。她说:"我简直累死了。"他摁了一下按钮,电梯门又开了。

他们分享了三明治,她讲述了火车停在一半被积雪掩盖的轨道上,等候了几个小时,直到后来的爬犁清理干净铁轨。

"当然没人知道发生了什么,"她说,"我担心我们会停一整晚。好在我穿得还算暖和。"

他问是不是还在下雪。然后看了一眼夜空,说道,雪几乎停了。

"出租车在列克星敦放下我,"她说,"里面的路开不进去。我给了司机二十美元,说你把我送到这儿,不管用什么方式。他徒步把行李箱拖到了这里。一个巴基斯坦小伙子,真和善。"

她笑了。他们喝了伏特加。他又倒了一杯。

"还有呢?"她说,"你还有什么急事想跟我聊?"

"我爱雪。"他说道。

他起身来到窗前。雪花依然飘洒,小小的雪花,从空中飘然落下,有时飞升,仿佛比空气更轻,然后又再次下降,落在白色的街道上。"难道不美吗?"

他转过身,久久地注视着她,观察她坐在那儿,抿了一口伏特加。他说道:"我很高兴你能来。"

## 像儿童，像天使

烟花表演一结束，几个聚集在酒店走廊窗户前的客人便开始鼓掌。在烟花爆炸的间隙尚能听到断续的音乐、合唱、管风琴，还有一次钟鸣。乐声从远处飘来，来自河对岸，有时在下方街道上蜂拥而至的人群发出的噪声中淹没。埃里克觉得，此刻好像属于这座城市，这个节日，这些人。酒店走廊的掌声让他返回。有人关上了窗户。

次日清晨，侍者送早餐进客房时告知，昨晚大约一百万人观看了烟花表演。去机场的路上埃里克心里计算：一个人平均活七十岁，共计两万五千天。每天两万五千人中有一人死亡。昨天晚上一百万人观看了烟花，纯粹统计学推算，死亡二十人。

出租车驶过郊区，埃里克看见带小孩的母亲和老人，一座公交车站旁有一群年轻的姑娘，并排坐在一条长椅上候车。他突然体验到一种奇怪的感动，难以解释，直到出租车在机场前停下来，这份感动才逐渐消退，埃里克祝愿司机度过美好的一天。

埃里克供职于一家主营粮食和食品的大型跨国集团内审部。他工作三分之二的时间都在遍布欧洲和北美的集团子公司度过。起先他因为有大量出差的机会才接受了这个职位。他喜欢随意走动，认识不同的人。后来他逐渐习惯了出差等同于例行公事，最后则变成了负担。他开始在飞机上要求过道旁的座位，不再有心情打开餐盒。

他总是入住上佳的酒店，按照他的愿望消费。他白天工作，晚上子公司的同事们会带他外出游玩，参观他到访的城市。他们在高级饭店用餐，在夜总会消遣和买醉。有时候埃里克带一个女人去他房间，并非妓女，而是那类子夜过后能在高档酒店酒吧遇见的女子，没人知道她们要寻找什么。但这并不经常发生。每当出租车司机送埃里克到酒店门口时，他大多喝得酩酊大醉，要么支付大笔的小费，要么啥也不给，立刻躺倒在床上。

酒店房间大同小异，餐馆也相同，与同事的谈话，机场，城市。出差旅行始终一模一样，大量抽烟，喝酒，次日早晨头痛欲裂。最糟糕的体验是在东欧。到那里，他的地陪让他喝伏特加，或者一种他们引以为豪的甜白酒，但各种酒喝起来都是同一个味道。随后的几天他头痛比以往更剧烈。

去机场接埃里克的瓦尔迪斯表现得他们好像是老朋友,尽管他们每年见面只有几天。埃里克通知要来出差,瓦尔迪斯在电话那头说,他这次一定要多待些时间,城市正在庆祝建城八百周年,将要举办隆重的庆典。

瓦尔迪斯是会计部唯一会说德语的员工。他口音浓重,表达奇怪,采用了一种复杂的说话方式。他与埃里克出去游玩,一直想请他。埃里克随后说,公司可以报销,便付了账。一笔小钱,他知道瓦尔迪斯的收入。

有一回瓦尔迪斯邀请埃里克去他家做客。他住在市郊一处破败的板房居民区。公寓不大,装修得还算实用,这让埃里克想起他父母的住所。他在那里认识了瓦尔迪斯的妻子,她异常美丽,瓦尔迪斯好像很爱她。妻子在厨房里忙前忙后,瓦尔迪斯说,他是一个幸福的丈夫。

晚饭后桌上端来一瓶巴扎姆,一种埃里克不喜欢的药酒,之后他们用"你"称呼。瓦尔迪斯的妻子叫艾尔扎。埃里克说,一个美丽的名字,如果他们来瑞士游玩,他很愿意邀请他俩。瓦尔迪斯却说,他们负担不起费用,只是旅游一趟也付不起。埃里克问能否替他们做些什么。

"不用啦,"瓦尔迪斯微笑着说道,"你轧平了账户,对不对?"

到了年底，埃里克还没有瓦尔迪斯的音信。有一天，他收到一封寄到他私人地址的信件，感到奇怪。一看到寄信人，不由得陷入了沉思。

亲爱的朋友，瓦尔迪斯写道。埃里克犯了迷糊。瓦尔迪斯写道，他有一个忧虑。亲爱的朋友，我有一个忧虑。埃里克不由得对这种烦琐的表达发笑。他妻子生病了，瓦尔迪斯写道。他才回想起来，埃里克上次访问，瓦尔迪斯讲过，她身体不太好。这期间她查出了癌症，艾尔扎活不过两年。

埃里克一直喜欢瓦尔迪斯，但弄不明白，瓦尔迪斯为何要写信告诉他这件事。他感觉到了不妥和尴尬。反正一个月之后，他们将再次相见。瓦尔迪斯然后提到孩子们，儿子明年要读文理中学，女儿也想像他那样当会计。

埃里克的妻子喊开饭了。他把薄薄的信纸翻过来，继续阅读。他读道，有一种治疗艾尔扎所患癌症的疗法，系一位瑞士教授发明，一种全新方法，还处在临床试验阶段，将在挑选过的产生良好疗效的病人身上使用。像艾尔扎这类病例不排除治愈的可能。至少还存在几年后获得成功的希望，也许会研发出一种有效的疗法。

埃里克妻子再次叫吃饭，他手攥信纸走入餐厅。瓦尔迪斯写道，对于他们国家的某些人，对于他来说，他支付不起昂贵的费用，即使对一个瑞士人也不便宜。他平生——这里字变小了，也许是因为他信纸快没地方了——还从未求过人。他和妻子无怨无悔地共同挺过了贫穷的岁月。他们也没有理由抱怨，也没有受苦受难，因为他们始终在一起，相亲相爱。但是他现在请求埃里克帮助他。你愿意为我做些什么，他写道，也许一切都是为了我。

埃里克将信纸搁在一旁，到桌旁就座。他妻子问，谁写的信，他告诉了她。

"那个拥有美貌妻子的男人吗？"

"她生病了，她患了癌症。"

埃里克的太太叹了口气，耸耸肩。他没有告诉妻子瓦尔迪斯的请求。他能想象她的态度。

"他们有两个孩子。"他说。

瓦尔迪斯写信告诉埃里克那位研发新疗法教授的姓名，他若有问题，可以问他。埃里克打电话给教授，教授向他简单介绍了疗法，谈及了他取得的成功。他说，他熟悉埃里克朋友妻子的病。瓦尔迪斯不算他真正的朋友，埃里克说，不过在业务上有往来。无论怎样他熟悉这个病例，教授说，他与该女子在德国弗莱堡的医生研究过，治疗将要花费十万瑞士法郎。而且他无法百分之百保证治疗会取得成功。

"我们这里说也许有百分之三十的可能，"他说，"最多百分之三十。我已经听说了,她是一位特别美丽的女子。"

百分之三十,埃里克思前想后。瓦尔迪斯却写成了"巨大的成功"。要提供十万瑞士法郎,埃里克必须卖掉股票。显然,瓦尔迪斯无法偿还这笔巨款。他也没有提到贷款。他就是想要这笔钱,站在他的角度可以理解。

埃里克给瓦尔迪斯写了一封信,说他们最好私下里聊聊这事,反正他们几周后会再次见面。他没有听到更多的消息。埃里克在出发前一周致电瓦尔迪斯,通知他抵达的时间,瓦尔迪斯没有提起艾尔扎的病情,只请求埃里克多待几天,参加建城八百周年庆典。

瓦尔迪斯驾车送埃里克从机场回公司,也未提及他的妻子,埃里克也不想挑起这个棘手的话题。他称赞了瓦尔迪斯的工作,强调,他其实不必来接机,但他一如既往,如此完美。瓦尔迪斯说,有些可惜,埃里克不想喝巴扎姆、吃烤肉串。

埃里克预计工作三天,星期六想参观一下城市,订好了星期天中午的返程航班。他抵达时才获悉,星期五因为庆典变成了节庆日。假如埃里克愿意,仍然可以去办公室,瓦尔迪斯说道。然后他们能不受干扰地安静工作。埃里克说,他们最好两天内完工。

"我无所谓,"瓦尔迪斯说,"我们可以安静地交谈。"

埃里克感觉,瓦尔迪斯干活时有意放慢了速度。

中午休息时，他坐了很久，埃里克生气了。瓦尔迪斯没有再说起他妻子的病情，埃里克也避免开口。他们像几年前那样外出。瓦尔迪斯带埃里克去了一家意大利餐厅，该餐馆不久前刚刚开业，据说口味不错。店里食物还过得去，葡萄酒却很普通，并且十分昂贵。瓦尔迪斯不懂葡萄酒，但是他好像私下接受了埃里克的批评。他们离开时，他一点也没有打算像往常那样买单，尽管埃里克不会同意。但埃里克生气了，因为瓦尔迪斯又劝他喝可怕的巴扎姆酒，饭后还帮他穿大衣。

瓦尔迪斯一定要去酒吧。"城里最漂亮的女人都在那里。"他说。年轻女人喜欢认识西方的富人。酒吧位于大教堂附近。家具由铬和皮革制成，音乐声震耳欲聋，根本无法实质性地聊聊。他们站在吧台旁，瓦尔迪斯喝巴扎姆酒，埃里克喝啤酒。他俩身旁站着两位金发女郎。瓦尔迪斯与之攀谈，埃里克发现他喝醉了。瓦尔迪斯把他的胳膊放在一个女子腰间，冲她耳朵里喊话。她好像没有明白他说的，皱起额头，充满疑惑地微笑。瓦尔迪斯与该女子交谈时，第二次用头点了点埃里克。她的脸阴下来。她摇摇头，抓起女友的胳膊，拖着她走开。瓦尔迪斯试图挽留这两个女人，搂住她的腰，而她们挣脱了他的拥抱，消失在人群中。瓦尔迪斯的嘴靠近埃里克的耳朵，他感觉到了此人的呼吸。

"妓女。"他大声地喊道。

埃里克付了账，离开酒吧。瓦尔迪斯紧随其后，他们在回酒店的途中，瓦尔迪斯说，他可以替埃里克搞到任何一个女人，只要他愿意。这只是钱的问题。埃里克想起了艾尔扎，他自问，瓦尔迪斯是否还忠诚于她，他妻子还忠于他吗？她也可以得到她想要的任何男人。瓦尔迪斯踉踉跄跄，紧紧抓住埃里克的胳膊，最后挽住他。十万，埃里克想道，为了一个女人。"你喝醉了，"他说，"我不要女人。"

在酒店前面他把瓦尔迪斯扶上了出租车，打听了地址，付给司机车费。

"基伯嘉斯大街十二号，"瓦尔迪斯说，"四楼，向左。"

埃里克在关门前，问瓦尔迪斯有没有感觉好些。他用湿润的眼睛盯着埃里克，说道："你是我朋友。"

瓦尔迪斯次日早晨上班，埃里克早到了办公室，查阅和批准了维修计划的若干要点。埃里克说，他若有工作热情，今天就能完成。瓦尔迪斯当天变得沉默寡言，但他干活加快了速度，没有抱怨。他显得苍白憔悴，常常上厕所，按脸色判断他可能头痛。中午他们让人送来面包，下班之前完成了工作。

瓦尔迪斯问，埃里克晚上有何打算。埃里克说，瓦尔迪斯那副样子最好还是回家吧。他自己也很累，想回酒店吃点东西，然后去看电影。瓦尔迪斯点点头，问道，他们明天能否见面。埃里克说，他会给他打电话的。

"我要带你参观一下这座城市,"瓦尔迪斯说,"城市庆典,建城八百周年。历史悠久啊!"

瓦尔迪斯打电话过来,埃里克正在吃早餐。前台女子给了他一张记有电话号码的纸条,说道,这位先生请求回个电话。埃里克走上大街,漫步穿过他迄今只在夜晚见过的老城。中午他返回酒店,打电话给瓦尔迪斯。艾尔扎接了电话。她说,她丈夫在等埃里克的电话,半小时前他开车送孩子们进城了。他说过,他想看看节日庆典。在大教堂前的广场有一场交响乐团的音乐会。

"我现在就去那儿。"埃里克说道。

艾尔扎说,瓦尔迪斯会从酒店路过,看看埃里克在不在。埃里克问,她想不想一道观看。不,艾尔扎说,她不喜欢人多的地方。

"房子里剩下我一个人,我乐享其中。很少有那么满足。"

"烟火呢?"

"再说吧。"

埃里克说,他也许过一会儿会再来电话。然后他问艾尔扎,身体怎样。

"谢谢,不错。"她说道。"可惜我们这次无法见面。我昨天还以为你们准会来呢。"

"瓦尔迪斯什么都没有说。"

"他说，你要去看电影。"

"我觉得我们都很累了。我们也不再年轻了。"

艾尔扎笑了。她说，她从来没有看见瓦尔迪斯喝得那么烂醉。出租车司机把他送到门口，搀扶他爬上了楼梯。

"我付了一笔数目不低的小费。"埃里克说。

艾尔扎似乎并没有心事，埃里克搁下电话，他考虑了片刻，她也许根本没有生病。然后他想到，她是一位勇敢的女性。也许她不知道，瓦尔迪斯问他借钱。

埃里克下楼，请前台小姐告诉他怎么去中央市场。瓦尔迪斯说过，他一定得瞧瞧这座市场。埃里克说，如果有人问起他，就说他晚上才回来。

市场位于火车站后面昔日的齐柏林大厅内。大厅前一群老太太正在兜售印有西方产品商标的塑料袋。这里大家都想售卖某些物品。有人坐在地板上，面前摆着旧纸箱，上面摊开几件商品：磁带、圆珠笔和破损的玩具。

埃里克在市场上没有待太久。这些景象都令他反感。他返回老城，街道上旗帜飘扬。早晨还可以听见各处搭建的舞台上传来的合唱声。越来越多的人挤进狭窄的巷子，他们手拉手，快速行进，好像有一个目标。

埃里克返回酒店。前台小姐说，有一个男人来打听过他，等了一小时，然后走掉了。他说，他还要来。埃里克请求前台小姐，把他星期天的返程机票改签到星期六。然后他打了一辆停在酒店门口的的士，告诉瓦尔迪斯家的地址：基伯嘉斯大街十二号。

在居民区旁他让的士停车。下了车，经过破败不堪的出租屋。这些屋子的位置七零八落，中间是草地，这里或者那里耸立着一棵白桦树。杂草多日没有修剪，在道路表面和路边石缝里丛生。

埃里克寻找瓦尔迪斯和艾尔扎居住的房屋，他忽然想不起他们的姓氏。房屋入口的门铃按钮上只有号码。他推了一下门。门没有关闭，他拾级而上。有些地方的墙纸脱落了。

在房门旁也只有数字。埃里克在四楼停下脚步，仔细倾听。他觉得他听见了吸尘器的声响，但无法确认声音来自哪套公寓。他站立了两三分钟，想到艾尔扎，希望她能开门。他考虑了片刻，她若打开门，应该如何开口。最后他走下楼梯，像来时那样，蹑手蹑脚。

他穿过居民区。除了几个玩耍的儿童，不见人影。街道在一个宽大的圆环内终止，在圆圈正中坐落着一座扁平的车库。一名修理工在一辆汽车敞开的引擎盖旁弯下腰，他挠挠脑袋，然后抬起头。埃里克冲他点点头，而此人只是向他投来怀疑的目光。

埃里克走过最后几排房屋间的草地。在这里最边缘的地带可见几块蔬菜苗圃，然后是一块荒芜的空地，接下来有一片森林。埃里克沿一条狭窄的小路前行，小路通往森林，在第一排树木之间消失。空气潮湿，埃里克出汗了。非常安静。他在想到这里寻找什么。

晚上八点他返回酒店，前台女服务员交给他一只信封，上面写有他的名字。瓦尔迪斯写道，有人告诉他，他明天就走。也许他们不能再见面。他今晚要到朋友家观看烟火。假如埃里克还需要什么，可以去他那儿，或者明天早上他也在家里。他若不再能听到埃里克的任何信息，那就祝埃里克回程顺利，万事如意。他期盼明年再次相见。

埃里克房间内的空气闷热。他忽然感觉非常疲倦，打开窗户，躺下。

燃放的烟火唤醒了他。他走到窗前，但从这个角度什么都看不到。他来到酒店走廊上。在电梯旁的窗户旁站着几位客人。他们红光满面。三乘三百三十米，相当于一公里，一位老先生说。在楼梯的阴影里站着一位年轻的酒吧女郎，越过客人们的头顶注视这番热闹的场面。烟花燃放完毕后，她急忙走下楼梯，返回工作。一群美国人轻声鼓掌。有一个女人用德语说，值得。她说，她本来已经躺下了，只在内衣的外面迅速披了一件大衣。但是值得。埃里克自问，所有的这些意味着什么。庆典的开支足够承担三个艾尔扎的医疗费。

其他客人返回了他们的房间。埃里克看看手表。快到子夜时分，往瓦尔迪斯的朋友那儿打电话太迟了。他跑下楼梯，来到吧台前。

"我们打烊了。"酒吧女郎说道。

"一小瓶啤酒？"埃里克请求道。

女郎笑了，耸耸肩，遗憾地扬扬眉毛。埃里克坐在酒吧凳上，盯着她清点当日的收入。他把一张值四瓶啤酒的钞票放在吧台上。她问这个女子，叫什么名字。她用责备的目光打量他。然后从冰箱抽屉柜了取出一瓶啤酒，打开，放在埃里克跟前。钞票被她推了回来。

"账已算好了。"她说道，然后拿起钱包，经过大厅，走向前台。她穿着闪光面料的黑色紧身裤。埃里克目送她。她步伐轻盈，好像在跳跃。埃里克不由得再次回想起她冲下楼梯观看烟火的情形。她一下子跨了两级台阶，看上去好像飞了起来，像儿童，像天使，在楼梯平台紧紧地握住栏杆，一晃，消失得无影无踪。

# 法　朵

里斯本的一切似乎都是湿漉漉的。尽管未下雨，街道却由于潮湿而昏暗不堪。房屋的墙壁和城墙上长满了青苔，天空乌云密布。

我想乘船离开，但装卸货物出现了延迟，我只好等待。我走入自己的舱室。我对里斯本不感兴趣。我的内心已告别了欧洲，我相信我期待的肯定比我身后的这座城市更有趣。但是我觉得船上的时间过于漫长，没有什么比一艘停靠在港口的船舶更让人觉得无聊的。

我进了城，整天都在街上漫步，没有心思观赏。我在闲置的居民区游逛，男人们在此把黄色杂志摊开，放在硕大的头巾上兜售。我坐在一家咖啡馆里，观察港口附近的行人，他们走下渡船去上班。我在山丘上俯瞰这座城市，眺望隐没在阴霾中的大海。傍晚时分我返回港口，了解到我乘的船将在次日也就是星期天才可以离港。我再次进城找吃的。在一条小街上发现了一家酒馆，里面正在演奏葡萄牙传统音乐"法朵"。

饭馆里的食物不算可口，但我喜欢音乐，音乐契合我的情绪。吃完饭后我坐着没有离开。我喝了半升葡萄酒，现在又想点上半升。第二个半升酒，我对一位黑皮肤小个子的侍者说道，但他没有反应。我感觉更好了，开始记笔记。我刚刚写下了一个无关紧要的想法，一位年轻女子坐到我桌旁，用英语问我想不想到她们那儿坐坐。我早就注意到她了。她与另一个女孩坐在我附近的桌边。吃饭的时候，两人朗声大笑，朝我瞥了几眼。

"你看起来非常孤独，"她说，"我们从加拿大来。"

我接受了邀请，拎起我的酒杯和酒瓶跟她走了过去。

"我叫瑞秋，这是安托妮娅。"她说道。

我们坐下。

"我叫沃尔特。"

"像沃尔特·惠特曼，"安托妮娅说道，"你在记日记吗？"

"记我想到的东西，"我说，"和说出来一样好。"

"我爸爸总说，只有聪明人才会孤独。"安托妮娅说道。

"仅仅是孤独，并不能代表人很聪明。"我说。

十一点过后，法朵歌手收好吉他，来到桌旁。他好像认识瑞秋和安托妮娅。他坐下，我们聊起里斯本和法朵。

"最后一首真漂亮，"安托妮娅说，"它叫什么？"

"如果你不知道去哪儿，你为什么不停止奔跑呢？"法朵歌手吟唱道,"我不再陪伴你,心肝。"

"阿玛利亚①的歌。"他说道,脸上露出一丝可笑而受难的表情。"《奇怪的生活方式》。"

"哪种生活方式?"安托妮娅问道。

"漫长,短暂,"瑞秋说,"看具体情况。"

"我的心仰仗失落的生活。"法朵歌手继续唱道。

瑞秋问我,我生活的方式怎样。

我说,我不知道。多半没有方式。

她用两手在空气中画出了女人的轮廓。

"女人……"法朵歌手说,然后讲了些胡话。我知道,他想要什么,也知道今晚他不可能得到,而且他好像也知道了。但他仍然在餐巾纸上写下了他的电话号码,递给瑞秋,宣称她可在任何时候给他打电话。然后他与所有人握手道别。

"男人……"瑞秋说道,笑了。安托妮娅叫她别犯傻。

"你想跟他走吗?"瑞秋问,惊奇地扬起眉毛。

"你喜欢斗牛士吗?"

"葡萄牙没有斗牛士,"安托妮娅说,"他的嗓音优美。"

瑞秋笑了。她曾约会过一个嗓音优美的男人。"我只和他通过

---

① 指阿玛利亚·罗德里格斯,20世纪著名的葡萄牙女歌手,"法朵皇后"。

电话。等他出现在眼前……不敢相信那是他。"

安托妮娅又说了一遍,瑞秋别犯傻。瑞秋说,重点是声音低沉。低音的男人拥有大量的睾酮。我的嗓音就很低沉。

瑞秋笑着说道,她们与路易斯约好去跳迪斯科了。"就是那位小个子服务生。等他干完饭店里的活计。"

瑞秋和安托妮娅在欧洲旅游了三个礼拜。一周之后她们将乘机从巴塞罗那飞回家。瑞秋讲她们来自加拿大小城,安托妮娅总打断她,纠正她。我仔细倾听,没有多说话。两人的陪伴让我开心。

所有客人都已离开。路易斯把椅子放到高处,开始清扫地面。然后他走到我们桌子旁。

"这是一位朋友,"瑞秋说,"他一块儿去跳迪斯科。"

路易斯说,不太远。他的英语非常糟糕,口音浓重。

"多独特的低音啊!"瑞秋说完,笑了。她问路易斯,他的睾酮多不多。

他问她是什么意思。

"公牛?"瑞秋说,"你是公牛?"

安托妮娅说,瑞秋应该消停点儿,她喝醉了。

"你,公牛;我,母牛。"瑞秋说。路易斯不解地望着她。

"你,泰山;我,简①。"瑞秋说。

---

① 泰山和简分别是电影《人猿泰山》的男女主人公。

"泰山。"路易斯点点头。"我们走。"

路易斯说,他要带我们看看里斯本最好的迪斯科舞厅。他走得极快,我们不得不吃力地在后面追赶。我们横穿狭窄的街道,没过多久我已不知道身居何处。瑞秋提及她的男友,一名空军飞行员。

"他的声音特别低沉,"她说,"像一架螺旋桨飞机。"

我问安托妮娅有无男友。她摇摇头。她不久前刚刚读大学,搬到了蒙特利尔,在那里还没机会认识人。

"她让她男友心都碎了。"瑞秋说道。

"胡说八道,"安托妮娅说,"他不是我男友。"

"嗨,路易斯!"瑞秋说,"慢一点。"

半小时后我们终于来到了目的地。我们站在一家酒吧前,酒吧又破又小。路易斯认识门卫,而我们仍然得买门票,价格高得离谱,真可笑。

迪斯科舞厅里十分昏暗,只有略微抬高的舞池被灯光照得透亮。迪厅里空空荡荡,只有几张桌子旁有人就座。几乎所有客人都是男性。音乐声响亮。我们坐在酒吧旁,喝酒聊天。路易斯话不多。他突然站起来,走入舞池,背朝着我们,在一面挂在墙壁上的巨大镜子前跳起舞来。我在镜子里看见他的脸,专注又严肃。我感到他正在盯着自己的眼睛看。他的动作具有进攻性,而且始终如一。我问瑞秋想不想跳舞。安托妮娅独自留在了吧台边。

我确实喝醉了，而走长路让我清醒。瑞秋和我跳了很久。此外我们还发现，路易斯总在镜中观察自己。也许过了半小时，他说，这里不太带劲，他知道更好的地方。安托妮娅说她想睡觉。瑞秋在她耳朵里嘀咕了几句。她说，她也想去睡觉了。她笑了。

我们四人穿过空旷的大街。瑞秋挽住我胳膊。路易斯抓住她另一只胳膊，而她挣脱开来。她说，她又不是孩子。路易斯挽住安托妮娅的胳膊，她未做抵抗，僵硬地靠着他行进，没有注视他。路易斯说了，他来自法鲁，葡萄牙的南部，却在南边找不到工作。然后他再次沉默了，我们当中也没人说话。我们比过来时走得更慢，更谨慎，大家似乎想要推迟告别。太少的故事发生，太多轻松的离别。

瑞秋和安托妮娅在一套私人公寓合租了一间房，站在房子前她们道了声晚安，我们彼此在面颊上吻了一下。安托妮娅推开门，走入房内。瑞秋在敞开的大门口站了一会儿，面带真挚的微笑挥手告别。这时路易斯扑向她，把她挤入楼梯间。我急忙跟在他们身后挤了进去。我身后的门咣当一声锁上。一阵寂静。

一个白炽灯泡在楼梯间投下微弱的光线。安托妮娅在楼梯上等待着，俯视我们。路易斯和瑞秋面对面，紧紧盯住对方。

"晚安。"瑞秋说道。

"我一道上去。"路易斯说。

"我们累了。谢谢，晚安。"瑞秋跟在安托妮娅后面走上楼梯。路易斯和我跟在两个女孩身后。

"晚安。"瑞秋再次说道。

"我不累。"路易斯说。

"而我们累了。"

"来，我们走吧。"我对路易斯说，紧紧抓住他的胳膊。

"我打电话给警察，"路易斯说，"告诉他们一切。"

"你给警察打电话呀，你以为他们会相信你？"瑞秋嘲讽道。她朝安托妮娅转过身，说道："赶紧！"

安托妮娅按下门铃，从公寓里传来一阵响亮的金属铃声。路易斯又上了一级台阶，我赶上他，站在他前面。我把他顶到墙壁上，而我很快发现，他比我更强壮，我无法挡住他。他的身体绷紧，没有动弹。我奇怪他没有反抗。安托妮娅再按了一下门铃。我们默默地站在那儿，最后公寓房的门终于打开了。一个大约五十来岁的妇女穿着睡袍往外观望。我松开了路易斯。

"我去叫警察。"他再次说道，然后走下楼梯。

"滚开！"瑞秋在他身后喊道，"你这头蠢驴！"

"进来吧。"安托妮娅对我说。我们三人走入公寓内，进了她们的房间。女房东一直没有说话，随后很快消失了。

"你们愿意接受男人的来访吗？"我问道。

"我倒希望你不是个男人,"瑞秋说道,"你想喝瓶啤酒吗?"

她从衣柜里取出三瓶啤酒,打开了酒瓶。啤酒温热。我们轻松了许多,同时情绪更加亢奋了。我们乱聊一通,朗声大笑。

"这个狗东西。"瑞秋说。

"他邀请我们吃饭,"安托妮娅说,"也许他想……"

"那帮家伙没来……"瑞秋说,"那伙警察,他们要是过来,我们就把这小子扔出窗外。"

她坐到床上,靠在安托妮娅身边,问我是否想拿些什么。我摇摇头。瑞秋说,她们快没钱了。我能否借给她们一些。我把剩下的埃斯库多①一股脑都交给了她们,并不太多,在船上我也不需要钱。瑞秋跟安托妮娅嘀咕了几句,安托妮娅脸一歪。她说,她去冲凉,就进了走廊。

"你们在嘀咕什么?"我问道。

"我问她,为了五万埃斯库多,我们还能给你什么?"

她笑了,倒在床上。

"我们必须拥有一张大床。"她说。安托妮娅回来后,瑞秋去冲凉。

她在门口站住,说道,我们得文明点。"妈妈马上就回来。"

---

① 葡萄牙货币单位。

我离开两个女孩时,天已破晓。我们互相拥抱。瑞秋递给我一只空啤酒瓶。

"也许他还等在外面,"她说,"你可以拿来自卫。"

我来到大街上。不见人影。我拎着啤酒瓶走过空无一人的城市,觉得真好笑。几百米后,我把瓶子丢入一只垃圾桶。我犹豫了片刻,也扔掉了写着瑞秋和安托妮娅地址的纸条。

我在船上躺下,无法入眠,马上又起床,再次跑进城。我累了,走入一座小教堂,里面正在诵读弥撒。我坐在最后一排长椅上,仔细倾听。我有时候能听懂一两句话。最后,信徒朝两侧转身,握住他们邻座的手,我旁边没坐其他人,赶紧第一个离开了教堂。

## 缺失的一切

女秘书去机场接戴维。她开私家车过来，问道，要是走A4高速公路，戴维是否觉得合适。他说，他不熟悉路况，他无所谓。她随后沉默不语，直到港城区的摩天大楼浮现在地平线上。

"港城区这几年发展成了最重要的金融商业中心，"女秘书说，"这里的房屋质量上乘，也考虑到了娱乐和休闲功能。"

她像导游般滔滔不绝，听起来好像经常把导游词倒背如流。该地区二十二平方公里，大于伦敦市区和伦敦西区。戴维将能在河畔见到魅力四射的酒馆。良好的购物环境，电影院，甚至还有一座拥有一万两千个座位的室内体育场。她还提及了吊桥、帆船和一座饲养动物的农场。她说，她叫罗斯玛丽。

"犬岛是港区中心，"她介绍道，"名称也许来自以前设立在此的皇家犬类拘留所。而我朋友说，名称也许出自在此设立分部的众多金融机构。"

罗斯玛丽抱歉地笑了笑。她说，她的大多数朋友在其他行业工作。她问戴维,他有哪些爱好。爱好?他反问,惊异地注视她。他对什么感兴趣呢?他回答,他对啥都不感兴趣。对什么都不感兴趣吗?罗斯玛丽追问。什么都不感兴趣,他回答。

戴维不知道要在伦敦待多久。最初商定一年。在瑞士称为派遣,他的新上司说成是使命。伦敦的分部目前存在着人员的瓶颈。有人想起了他,因为他没有结婚。他犹豫不决,也就是说这种外派不会损害他的升迁,其实正相反,某种地理的机动性对他职位来说是前提。

星期五,上司向戴维介绍了他未来的新同事,然后说他星期一再过来上班。现在他应当首先适应伦敦的生活,布置公寓房,参观本地景点。格林尼治在河的另一端,这是全球时间开始的地方。他祝他周末愉快。

"罗斯玛丽会带您去新家。"上司说。

罗斯玛丽再次沉默不语。她驾车沿泰晤士河穿过建筑工地朝南边开去。不太远。她驶过一座公园,罗斯玛丽指指后面的建筑群,一排层层叠叠的砖砌高楼。高楼的一部分位于泰晤士河畔,一部分位于公园旁。

"那边。"她说道,在街上转弯。她朝站在入口处的门卫招招手,他挥手回礼。到了地下车库,她在访客车位停好车,说道,她带戴维去公寓。他说,没有必要,他几乎没带行李,而她坚持这么做。

"我要向您介绍一下所有细节。"她说。

公寓属于公司,位于八楼,朝北可俯瞰公园。在阳台上可以看见金丝雀码头的摩天大楼和泰晤士河。

"我们从那儿到这里来。"罗斯玛丽说,指指高楼的方向。她跟随戴维走到阳台上。

之前一位瑞典人在此住过,她说。房间全都彻底清洁与消毒了。瑞典人调往纽约,他非常年轻,前途无量。

"天有点冷,"她说,"我们进去吗?"

她领着戴维参观了整套公寓,告诉他卧室内的走入式壁柜,意大利设计师设计的厨房,起居室,带滑轮的硕大电视机。她熟悉这套公寓,两年前也是她去机场接回瑞典同事,再送他来这儿。也许她之前也来过此地,戴维想。她说起这位瑞典人,眼神闪闪发亮。

罗斯玛丽喜爱这套公寓,她说了两次,她栖身于一套位于斯蒂普尼①的可怜小屋内,也不算太远,而住在这里要惬意得多,和同行生活在一起,而且从这里出门实际上可以步行上班。

她说,卧室里设有天线接口。假如他生病了,可以舒服地把电

---

① 地名,位于东伦敦,泰晤士河北岸。

视机推进来。马格努斯，这个瑞典同事经常生病。她耸耸肩。而他看上去多么健康、强壮，始终快乐。他曾经也有健康问题。

然后罗斯玛丽突然着急起来。她祝戴维周末愉快，便转身离开了。他看了看表，五点钟。

剩下他孤零零一人，他走入浴室，洗手。再次仔细观察一切。房间明亮，整洁，家具考究。在起居室低矮的茶几上摆放着建筑设施的广告册。建筑群叫"圣像"。多么奇怪和不相称的名字，戴维想。他想起一家他经常路过的拍卖店橱窗内的圣像，想起那些呆板、专注的女性面孔，所有塑像都相貌相同，透过安全玻璃奇怪地注视他。

戴维坐在沙发上，翻阅广告册。在这些高楼的十一层里共分隔了一百五十套公寓。在广告册后部画出了所有公寓类型的平面图。戴维的公寓是最小的一种，G型，左右都是三居室的公寓H型。

戴维手拿广告册走上阳台。浮云在天边飘过，只有边缘才是白色。狂风大作，确实冷起来了。戴维转过身，正欲走入房间，看见旁边阳台上站立着一名日本女子。她纹丝不动，朝他这边观望。他们相距不足五米。他迅疾转身，走入房间。

他站在起居室，琢磨着该如何介绍自己。日本女人是他的新邻居，他们也许会在楼梯间、阳台或者健身区相遇。他想按她的门铃，介绍自己。但他不知道这样做是否合适。在阳台上跟她打招呼最简单，自然且简单。他现在若要再次走出去，就是假装与之攀谈。

戴维在公寓内巡查，手持广告册。他浏览了一下规格清单，各种物品都有。浴缸内的汉斯格雅牌浴室套装让他略微失望，他喜欢里面是沉重的枫木门，能挡住讨厌的噪声。他在起居室跪下，检查地毯的质量。他想起小时候跪在教堂里。这种尘世的虚幻和宽恕的感觉。曾是一种快乐。不必做决定，不用承担责任。他有时候怀念那个时代。在他记忆中是春天。背阴处坚硬且冰冷。母亲抓紧他的胳膊。

戴维的膝盖开始疼痛。他站起来，搬起一把沙发椅到阳台上，坐下。日本女子已不见踪影。他冻得有些发抖。

泰晤士河上，游船穿梭往来。公园几乎不见人影。另一端是儿童游乐场。三个孩子正坐在秋千上，有时传上来一声毫无意义的叫喊声。戴维听见了一阵琴声。《绿袖子》，他附和着哼起旋律，唱到中间又停下来。孩子们没有反应，继续荡着秋千。

草地上有人在放一只五彩斑斓的风筝，真人大小。开始戴维还以为那是一个人，然后他看见一个头发稀疏而闪亮的男人，正在快步后退，随后那只风筝被拉着，高高升起，来回摇摆。男子的头发如同他的面孔般明亮。他背着背包，戴着太阳镜。戴维看见他，马上意识到一种难以名状的悲哀。

阳台处在阴影下。没有一个阳台上有人,但有几个阳台上摆着廉价的白色塑料花园家具。戴维想起一张曾经见过的卧榻,采用涂油洋槐木,一种奇特的朴素设计,两个圆形元素,交错连接,一端形成座位,另一端是靠背。他当时差一点将其买下,尽管他在瑞士的公寓没有阳台。卧榻也许可以放置在最小的空间内,营业员解释道。现在戴维拥有了阳台。而现在是秋季,后面几个月反正也无法待在户外。

上司说过,在这里他将感到幸福,尽管这听起来像一道命令。戴维并不期待这几个月、这一年。天哪,他在想,我可不愿意长期待在这里。

尽管他不饿,但他仍然嚼起之前在瑞士备好的面包。他吃不准飞往伦敦的短途航班是否提供食物,因此携带了一些。有一次,他飞米兰,什么吃的都没有,他感觉晕乎乎的,整日都觉得扫兴。但是飞往伦敦的航班提供了一顿餐食,有一小块三明治、面条、沙拉、咖啡巧克力。飞机餐总是让戴维既着迷又厌恶。始终都是同一个问题,鸡肉或者鱼肉,然而食物与鸡肉和鱼肉并没有关系,塑料盒里永远不知是什么肉。飞机飞离大气层,在千篇一律的蓝色云端高高飞行。戴维这么想象天堂——蓝天下的快餐,他也这么想象地狱。

戴维坐在起居室的沙发上咀嚼。他想丢掉面包的外包装，却发现没有垃圾袋，于是从便签本上撕下一页纸，在上面写下"垃圾袋"几个字。他想写一份清单，列出缺失的一切，明天去购买。

幸福是一种态度，他想起来。伦敦是一座超大型城市，所有人都这么说。他要出去走走，听音乐会，看电影，观赏歌舞剧。他想认识当地人。他与罗斯玛丽算有一点熟悉了。他准备打电话，明天立即打。也许他还能认识隔壁的日本女邻居。他现在才想起来，她也许并不像他这样孤身一人。想起这些令他情绪低落。

他走进厨房，想泡杯茶。打开所有的柜子。然后在购物便条上记下茶包，还有咖啡、咖啡滤纸、糖和奶油，然后再加上：食品。

他明天还想去格林尼治，正是上司推荐给他的旅游景点。

戴维次日醒来时，已经十点钟了。他想关掉闹钟，却听见电话铃响起。罗斯玛丽打来电话，问他是否习惯。她没有吵醒他吧？他刚刚待在阳台上，戴维说，没有听见电话铃声。

罗斯玛丽说，假如他愿意，她想过来，带他参观一下城区。他可以去何处购物，何处吃饭。戴维表示感谢，说他对付得了。真的没关系！罗斯玛丽说。她没有其他安排，她不喜欢周末。

"我想去格林尼治。"戴维说。

"太棒了。"罗斯玛丽说。"本初子午线。你在那里可以同时站在地球两边，东半球和西半球。"

他最好乘轻轨到半岛南端，再从那儿穿过泰晤士河底的人行隧道。如果他愿意，她可以给他指路。他回答，没必要。

天空乌云笼罩，还没下雨。轻轨是无人驾驶的。戴维起初根本没有发现，然后有一点点心里不安。对侧的列车也在无人驾驶状态下迎面驶过，由哪里的中央控制室遥控，谁知道。

戴维没有拿起放在对面座位上的报纸，但读到了上面刊载的一则新闻。塔桥附近发现了一具儿童尸体。一个五六岁有色人种男孩漂浮在水中。有一位路人发现了尸体，孩子的胳膊和大腿不知去向。目击者接受了心理治疗。

半岛的顶端坐落着一座小公园。戴维看到河流对面的白色建筑倒映在泰晤士河上，显得高大而平静，似乎属于另一个时代，一个更好的时代。天文台坐落在山丘上，就是戴维在旅游手册中读到的内容，每天中午有一颗红球落下。以前，船舶会按照这颗红球调整时间。今天的红球还会落下，只因为它一直如此。

塔桥位于泰晤士河上游。戴维看到泰晤士河里浑浊的河水流过，不由得想起了死去的小孩。想象着从河流下面穿过，让他突然感觉难以忍受。

戴维购物，所有的商品都异常昂贵。

他清理了空置的厨房柜和冰箱里的物品。看见摆满食物,心里平静下来。这些食品够我生活两个礼拜了,他想道。他的牛奶有可能会喝完,但是他的食物充足。倘若存货消耗完,他至少还能继续生活一个月。他竭力回想着绝食者生存的时间,报纸上偶尔对此做过报道。七周?八周?

下午他又去了一趟超市,购买了更多的食品。这次他留意了保质期,购买了奶粉和罐头蔬菜、巧克力和深冻速食制品。

星期天戴维打电话给他父亲。父亲没问问题。他讲起邻居家的猫被一辆货车碾过。他在他家花园门口发现了这只猫,完全碾平了,不见一点血迹。这场不幸似乎逗乐了他父亲。

"在伦敦有人发现了一个小孩,漂在河上,"戴维说,"胳膊和腿都没了。"

通电话时,他打开电视机,更换着频道,直到在一个节目上停住,屏幕上出现一个男子,一个日本人,他的手在距一位裸体日本女人的身体上方大约十厘米处来回活动。这个女人好像表现出强烈的亢奋,尽管双眼紧闭,看不见发生的一切。戴维与他父亲道别,调高音量。这个日本人谈论着性欲的传递。整个节目都伪装成了科学节目,但显然它只是为了展示女性的裸体。

这个所谓的科学家做了一个实验,他让第二名妇女,同样是一位裸体的日本女人，坐在一台电视机前面，可见屏幕上一对日本夫妇正在性交。这第二名日本女子戴着耳机。她明显表现出性兴奋。另一位日本女人一直躺在隔壁房间的床上，同样表现出异常的性兴奋，她本人或者她的周边并没有什么事发生。日本男人解释，一个女子的性欲可以传递到另一个人身上。这种传导如何或者怎样发生，他并没有说。

这两个日本女人如同戴维偶尔看过的欧美电影中的女演员那般丑陋。她们没有丑陋的面孔、丑陋的身体。似乎是一种内心的丑陋，厌烦、恶心或淡漠。他想起一部电影，影片中的裸体女人裹在透明的玻璃纸内。他在购物清单上写道：保鲜膜。

他又想起隔壁公寓的日本女人，用心将注意力集中在她身上。他的手在她裸体上来回运动。他喜欢这样的想象，那边女邻居躺在另一间公寓房的床上呻吟，感受到从某个地方来的能力侵入她，令她兴奋，让她无力抵抗。但是他怀疑他的性欲能否对日本女人产生任何影响。

然后他再次想起那位死去的孩子。他想了解更多案件的进展。他觉得这才是当务之急。他要去找一家书报亭。而报纸上刊登的内容不比他知道得多。

警察给这个死去的男孩取名亚当，谈到了暴力性死亡。小男孩身穿橘黄色短裤，在水里泡了大约十来天。脖子上有勒痕。他从没经历过类似案件，一位检察官告诉报纸记者，在那个谜题解开之前，他会一直感到不安。

谜题泰晤士河边发现的七支燃烧了一半的蜡烛。它们包在一块白布里，上面有一个名字，阿德奥耶·乔·弗拉·阿德奥耶，据说是尼日利亚人的一个常用名。

戴维想去塔桥，随后又放弃了这个念头。他无法想象死去的男孩。他每一次尝试，都只能想到那些为了饥荒赈灾筹款而拍摄的图像。

他想着，假如他星期一不去上班，大家会不会找他。也许罗斯玛丽会来看他。但是她没有公寓的钥匙，她强调过。他要是没有给她开门，她也许会走掉，次日还会来。最早也要三四天之后才能报警。他们按响门铃，房屋管理员才能开门。警察是闯入公寓的第一批人，后面跟着房屋管理员和罗斯玛丽。她喊了一声，压抑的叫喊，抱住房屋管理员。像一部电影。警察脸色严肃。戴维的尸体躺在床上，胳膊和腿被肢解，床单被血水渗透。戴维的四肢没有找到，躯干被放入一具普通的棺材里安葬，尽管儿童棺材就够用了。

戴维坐在起居室，心里充满了巨大的愤怒，深深憎恨谋杀和肢解儿童的罪犯。他想要做点什么，改变什么。而那些想要有所改变的人，他们什么都不明白。此外他还不确定他是否理解。他只是确信他改变不了啥。他看见自己把电视机从阳台上扔到下方的公园，用一把斧子砍向浴室里的汉斯格雅牌卫浴设施，又用力一锤砸碎了水槽，水从水管里飞溅出来。他撕下了浴帘，用斧子砍向镜子，碎片飞溅。他把餐具从橱柜里清扫出来，推倒了电冰箱。电视机在前院爆炸。鲜血在地毯上飞溅。

戴维再次跪下，用手抚过地毯的流苏。他躺在地毯上，如同生病的动物蜷缩成一团。他想起死去的猫，缺胳膊少腿的小孩，日本女人和所谓的科学家，放风筝的男子。他想起小时候与爸爸一道制作风筝的情形。他看见了父亲的脸，聚精会神，用细致的动作组装木条，在上面蒙一层绸纸，把风筝线缠在十字线轴上。他们放风筝，戴维好像受到了控制，仿佛是他自己迅速飞向高空，他父亲手中细细的丝线几乎无法抓住。

戴维想起这座城市的某处有人肢解了亚当的四肢，这些小胳膊小腿，用一把斧子和一把工具刀，他无法想象。肯定有个人得补偿对亚当造成的侵犯。

戴维看到自己替这个孩子制作了一只风筝。他无法告诉他太多，只说明了黏合木条、固定风筝线的流程，绸纸使用哪种胶水。他看见孩子抓住风筝，他看到自己手持风筝在草地上奔跑，他们俩一道奔跑。松手，戴维喊起来，亚当松开风筝，风筝飞向高空。戴维站在草地上，用手控制风筝线。他仰望天空，亚当仰望天空，他感到风筝轻微的拉力，奔跑让他精疲力竭。然后亚当走到他跟前，他把风筝线轴递给他，把手搁在他肩膀上，说道，小心，非常慢，我会抓牢你。仅仅是一只风筝，而亚当却回忆起世界的分裂。

公寓内非常安静。现在戴维才发现相邻公寓传来了轻微的声响。他听到了流水声、脚步声以及收音机的声音。他站起来，走到阳台上。邻近的阳台上站着那位日本女子，正在给巨型花盆中的植物浇水。他朝她打了个招呼，她也做了回应。

"我是新邻居。"他说。

"很高兴见到你。"日本女子说道，面带微笑。

"我也是。"戴维回应道。他还想说什么话，然而又走进了房间。我还有时间，他想着，该来的终归要来。

# 停　留

　　我们上了站台，坐在自己的行李上。我和丹尼尔脱掉了 T 恤衫，上身裸露。玛丽安娜穿了一条七分牛仔裤，比基尼上衣。我们热汗直流。铁皮屋顶在炎热的炙烤下发出咔嚓咔嚓的响声，铁轨上热气弥漫。火车晚点了，站长说，起码晚点两小时。我们并没有生气，在这种大热天火车还能开行，简直就是一个奇迹。

　　"可惜，我们没有音乐。"玛丽安娜说道。

　　车站的咖啡店也关门了。丹尼尔说，他回趟村里，取冰淇淋。他离开了好长时间。待他终于回来时，冰淇淋全都化了。我们大口吃着，然后听见了火车头的鸣叫。时间过去不到一个钟头。不远处，一列火车在炫目的光线下出现，看上去仿佛漂浮在轨道上。火车缓慢朝我们驶来。站长走出办公室。他穿了一件短袖汗衫，头戴一顶帽子。列车慢慢驶入车站，从我们身旁经过，刹车时发出响亮而悠长的声音。车厢陈旧，车身涂白，车厢侧面涂装了红十字。所有遮阳板都拉了下来。最终咔嚓一声，列车晃动着停稳。随后是一阵寂静。

白色列车停在那儿,没有什么异样。只有车站办公室内的电话经久不停地回响,站长终于返回办公室之后,电话铃声才告沉寂。一位身穿黑衣服的胖男人跑过车站旁的停车场。他汗流浃背,用一块白手绢擦去额头上汗水。此人刚跑到火车前面,一扇车门打开,他上了车,车门又关上了。

"你背上都是红点,"玛丽安娜说道,"我给你涂点药吧?"

她从背包里抽出一管防晒霜。为了看得更清楚,她把墨镜推到鼻尖,开始在我背上涂抹。

"这列火车来干什么?"丹尼尔问道。他站起来,沿站台向火车尾部走去。

"全是病人,"他返回来说道,"开往法国卢尔德①的特别列车。"

我发现一块遮光板往上抬了一些。有人正在观察我们。然后其他车窗的遮光板也拉了上去,里面的乘客正在往外观望。甚至有乘客伸出了胳膊。有些车厢没人往外看,但是那里的遮光板全部敞开。我看见,木板床上躺着人,他们活动着手脚。我看到了一个人

---

① 卢尔德(Lourdes)位于法国南部接近西班牙边界的波河(Gave de Pau)的岸边,在朝圣、复活节和万圣节期间,有大批的信徒和寻求奇迹的病人拥入。

的背脊，一颗脑袋，一条腿，还有一只翻转过来的枕头。病人们不停地活动，好像感觉不太舒服，他们肯定感觉到了疼痛，或者忍受着炎热的煎熬。我感觉，他们似乎离我们非常遥远。一扇窗户旁坐着一位身穿浅色修女服、头戴白帽的修女。她往外眺望，脸上洋溢着胜利的神情。

"全都是病人，"玛丽安娜说，"这些人给人感觉好像从没见过比基尼似的。"她停止给我的背部抹防晒油，背对火车，穿上T恤衫。

"火车里面肯定热得要命。"我说。

"我们也顶着酷热，"玛丽安娜说，"你觉得这些病人会传染吗？"

"他们为什么那样盯着我们？"我说。

死一般的沉寂。只是不时传来一声咳嗽。我点燃一支香烟。

"我有时候想，人如果生病，生活才更简单，"丹尼尔说，"然后才知道应该信仰什么。"

"你想过病人真会信那些吗？"玛丽安娜问道。

"显然，"我说，"显然没有任何帮助。"

正对我们的车窗旁站着一位老太太。她的胳膊松弛下垂。她活动着手指，好像在检查一块布料或者让沙子从指缝里流淌。我们的背后传来了一阵响亮的哗啦声。火车站咖啡馆的铁皮百叶窗升了起来。一位身穿白色背心的男士搬来几把塑料桌椅，摆放在站台上。他走进咖啡馆，我起身跟了进去。

"水。"玛丽安娜冲我喊道。丹尼尔喊道："我也要。"

站长站在吧台旁，他多半是从侧门走进来的。

"死了一个人，"他对我说道，脑袋朝白色列车方向点点，"这种酷热的天气。"

"列车救助了我一位婶婶，"男侍者说，"带状疱疹。她从卢尔德返回时，疱疹就好了。但是这场奇迹未能得到承认。她非常生气，请相信我。"

我点了饮料。

"您还年轻，"站长说对我说，"我在您的年纪从不想这些事。健康的体魄才是最好的礼物。"

我从咖啡馆走出来，玛丽安娜说："他们抬下一个人。"

"一个死人，"我说，"我知道。"

一节车厢门打开。一位身穿橘黄色闪光背心的男子背对着我们站立。他的头颈上汗珠闪亮。他小心翼翼地走下踏板，接下来是一副担架，然后是第二位穿橘黄色背心的男子。最后走下来一个穿西装的胖子和一名修女。病人们注视着这群站在列车旁的人。这时修女沿车厢一路小跑，喊话，摆手，仿佛在驱赶一群鸡。有些病人缩回脑袋，丹尼尔笑了。

两位救生员抬着担架远去，神父跟在他们身后。

"死人出汗吗？"丹尼尔问道，"还是说他们会立即停止流汗？"

"他们都知道，"玛丽安娜说，"可他们还是这样看着我，难道这不可怕吗？"

"肯定估计到了损失。"丹尼尔说。

"可怕，"玛丽安娜说，"有一个人就在我们眼前死去，我却因为可笑的阳光灼伤给你涂背。"

"他们抵达之前，那个人就死了，"我说，"因此才停车，又开得特别慢。"

"它们又有什么关系呢？"玛丽安娜说。

火车再次启动，最后几个病人也缩回了脑袋。遮光板落下。

"我想知道这些人何时抵达目的地，"玛丽安娜说，"你们知道从这儿离卢尔德有多远吗？"

"我不知道，"我说，"明天早晨他们肯定还没有到。"

"人永远在旅途中，"丹尼尔说，"甚至是病人，甚至是死者。我相信，他们还会把他带回去，仿佛这样做有什么意义。"

我想象列车穿过夜色，驶过城市与村庄，那里的人们在他们的房间里睡觉，对这些因疼痛和激动无法入眠的病人一无所知。地平线上，比利牛斯山在晨雾中浮现。

"满载病人的列车。"我说道。玛丽安娜摇摇头。

## 深　沟


肯尼迪医生似乎期待着一个答案。他举起啤酒杯喝了一大口，然后上下打量我。出生，他说，并不是死亡的反面，两者是相同的。

"我们从死亡中来，又返回死亡。好比人走入一个房间，又再次离开。"

当然平庸，他说，人人都知道，身体产自无机物，来自物质的虚无，在其中再次上升或下降。这些知识在小学就学过，然后忘了，去相信某种废话。我朝音乐家们望去，他们在酒馆中间围坐成一圈，正在聊天。有时候一位或者另一位弹奏几声，有时候第二位插入，但是旋律一再被谈话声淹没。酒馆的地址是特里给我的，我在大街上偶遇此人。我迷了路，向他打听，他陪同我。我们谈起了音乐，他向我推荐了这家社区中心，在此会演奏真正的爱尔兰音乐，他说，每个人都带来了乐器，可以合奏。他有时候会在那儿演唱。他也画画，写诗。如果我去，他会赠送我一首他写的诗。我们告别时，他交给我一张名片，特里·麦克奥雷，系谱学者。卡片是塑封的，我刚看完，特里就伸出了手，我把名片还给了他。

我很早就来到社区中心，参观这幢建筑。有一间房内，两个男人相对而坐，弹着吉他，另一个房间里，一个老者与几个小孩练习唱歌。有一张挂图上印了盖尔语文字，但是那个人正与孩子们说英语。

"你们唱歌时必须提问，给出答案。"他说。

在房间后边坐着几位成年人，正在仔细聆听。所有房间的门都敞开着，走廊上飘来一阵音乐声，某个地方还能听见敲鼓声。

我步入酒馆。音乐家鱼贯而入，十二个男女，有青年，也有老者。他们各自取出乐器，小提琴和吉他，六孔小笛和鼓。一个男子给小提琴调音，一个女子在她的笛子上吹了几个音，其他的音乐家则在聊天，胡乱大笑。这时肯尼迪医生坐到我身旁，尽管还有别的空桌子。我本来想安静一会儿，而他马上打开了话匣子。他介绍了自己，我也报了自己的名字。然后我没有说太多的话。肯尼迪医生聊了几件事，然后又讲起另一些趣闻。

特里走进来，坐到吧台旁。我朝他招招手，而他没有反应，仿佛没有看见我。他点了菠萝汁。肯尼迪医生问我认不认识特里。一个可怜的家伙，他说道，癫痫病患者。他曾经在地毯厂工作，可是常常发病，工厂最终不得不解雇他。他眼下失业了，靠社会救济

194

生活。

"过去他歌唱得挺好，是本地区最好的吹笛手，还赢得过比赛大奖。"

然后医生开始咒骂爱尔兰和爱尔兰人。近亲结婚，他说，真恶心。因此出现动荡、失业、宗教狂热、酗酒成瘾。因为这些原因，他娶了一个德国女人，为了给当地带来新鲜血液。他确实去德国找了一个女人，一位三个孩子的母亲。他的妻子是路德的后裔，对，与那位宗教改革家是远亲。

周围的交谈出现了短暂停顿。肯尼迪医生刚刚谈到，他有三个女儿，骤然的安静让这句话变得非常响亮。一位客人笑了，朝我们这里看看，然后大家又乱哄哄地聊起来。

我们现在聊天的酒馆，医生讲，过去是一个消防站，然后改造成了社区中心，在这里只说盖尔语。胡说，目前这里向所有人开放。我从哪个国家来的？瑞士风景优美，那里的各个民族混居，不像这里。

后来特里开始演唱，几位音乐家为他伴奏，但他唱得不好。某个时候音乐家，开始感到无聊，越演越快，不再伴着他的歌声。特里搞糊涂了，歌词唱得磕磕绊绊。然后少数几位观众鼓掌，直到他举手谢绝，停止了歌唱。

我从吧台上取来一瓶啤酒。回来时，肯尼迪医生问我还要在此地待多久。我可以去他家看看，那儿常常有外国客人造访。他问我明天晚上是否有时间，给了我他的家庭地址，然后起身。我仍然没有动。

第二天晚上我去拜访肯尼迪医生。他的房子位于市郊的山丘上。我乘了一辆公交车，经过贫民区，然后驶过草地。医生房子所处的地块被高高的砖墙隔出来。铸铁的大门上挂了一块牌子——"深沟"。我按了门铃，大门嗡的一响打开了。我走入房前的花园，医生向我迎面走来，朝我伸出手，用胳膊搂住我肩膀，好像我们是老朋友。

"我妻子和女儿非常兴奋。"他说道，领着我走向一幢有点下沉的白色平房。门口是一个养了金鱼的池塘。我们走进屋子，四个女人站在走廊上。

"我的凯蒂，"医生说，"凯特琳[①]。我三个女儿，黛丝莉、艾米丽和格温。"

我握了握四个人的手。医生提起别的事，我的目光却无法从三个姐妹身上移开。她们相貌都差不多，都在三十岁上下，都一样瘦长。她们面色苍白，严肃，却始终想笑。她们长发披肩，黛丝莉和

---

① 凯蒂是凯特琳的昵称。

格温长了一头栗褐色的秀发,艾米丽的头发泛着红色光泽。三个女子都穿着包臀裙、老式上衣、薄薄的羊毛袜。肯尼迪医生问我喜不喜欢他的女儿。我不知道该如何表达。这些女孩子都很漂亮,但是这种重复又让她们的美丽显得有一丝荒谬。

"她们算不上完美的创造物吗?"医生说道,带我走入起居室,餐桌已铺好了。

肯尼迪医生在饭店里跟我说过,他妻子能够再讲德语肯定会很高兴。但是用餐时她几乎一言不发。她用德语问候我,却带了浓重的英语口音。我难以想象她是德国人。我问她,她在哪里长大。她回答,在东部,然后又改说英语了。

我们吃饭时,医生聊起了政治和宗教。他是新教徒。我问他的名字是不是出自爱尔兰。他耸耸肩。三个女儿像母亲那样沉默寡言,但非常专注。我观察她们,她们面带微笑,给我斟葡萄酒,或者每当我吃完盘子里的食物,便递给我盛菜的碗。

我问格温,此地是否非常偏僻。她回答,她们非常喜欢这幢房子。有很多事情好做。我参观过这座花园吗?

"明天你带他看看我们家的花园。"肯尼迪医生吩咐道。

花园是格温的领域,他说。黛丝莉的特长是数字。她做会计,负责家里的钱是否足够。那么艾米丽呢?艾米丽在各个方面天赋最高,是他最喜欢的孩子。她广泛阅读,写作,作曲和画画。

"我们的艺术家，"医生说道，女人们笑了，频频点头，"也许她会给您看看她的画册。但不是今天晚上。"

饭后姐妹们负责收拾，医生带我走入他的工作室。我们坐在皮沙发上，他给我倒了一杯威士忌，递给我一支雪茄。他继续谈论政治，跟我谈及他在医院的工作。他是矫形外科医生，膝盖损伤方面的专家。他说起贫民区的私刑。

"如果一个人因为贩毒、偷汽车或者其他违法行为遭到逮捕，他们会在确定的时间和地点约见他，开枪击中他的膝盖。如果他出不了门，全家将被逐出这座城市。"

医生说，这么做，愚蠢、无用且恶心。他晃晃脑袋，再斟了一杯威士忌。在房子里某个地方有人拉起了小提琴。

"艾米丽。"肯尼迪医生说，仔细倾听，脸上浮现出一丝微笑。

黛丝莉进来，走到书架前，抽出一本书，开始翻阅。医生朝她转过头，眉毛一扬。

"我们非常欢迎您，"他说，"我们所有人都感到非常幸福。"

然后他打听了我的家庭，在哪里长大。我注视黛丝莉，她面带微笑，垂下目光，继续翻阅她手中的图书。我是否经常生病，医生想要了解。我外形健康，他靠眼睛就能判断。我的祖父母多大了？在我的家族中是否有遗传病、精神疾病的病史？我笑了。

"我的职业。"医生说道，再次斟满酒杯。

"只要您不抽我的血……"

我不习惯喝威士忌，感觉头晕。医生说，这个钟点公交车已经停驶了，我可以在他家过夜，我毫不迟疑地接受了这个提议。

"黛丝莉会照料您的，"他说，起身，走向门口，"晚安！"

音乐声不久前已沉寂下来。我与黛丝莉来到走廊上，听见医生渐渐远去的脚步声，然后屋子里又恢复了宁静。黛丝莉说，所有人都上床了。"深沟"的日常排满了工作，她们早睡早起。她带我来到客房，离开了片刻，很快拿着一块手巾、一件睡衣和一支牙刷返回。她说她睡隔壁房间。假如我晚上需要什么物品或有什么愿望，可以敲门。她睡得不深。

我走入浴室。回来时，黛丝莉正站在我房间。她此刻穿着睡袍，已经移开了床罩，翻开床单。她手里握着一杯水，问我是否需要一只热水袋，要不要调高暖气，拉好窗帘？我表示感谢，说我需要的东西都有。她把水杯放在床头柜上，站在我床边。

"我要给你盖上被子。"她说。

我忍不住笑了，她也笑了。我随后躺倒在床上，她替我盖好被子。

"你若是我的兄弟，"她说，"我还会亲吻你。"

我很早就醒了。整幢房子已开始运转。我再次入睡。九点过后，我走入厨房，格温在里面洗餐具。她替我摆好桌子，通知我，吃完早餐她想带我参观花园。父亲带母亲去城里了，黛丝莉在办公室。我吃饭时，再次听见了小提琴声，一种轻柔而悲伤的曲调。

"难道不美吗?"格温问道，"音乐、房子和所有一切。"

"你春天一定要来看看。"格温领我走过花园时说道。她带我观看了绣球花、丁香和木槿，她对此非常自豪。她讲起了她育种的成果以及获得的奖励。她手握一把修枝剪，说话时，有时弯腰，剪碎一个蜗牛，观察尸体在冒泡沫的伤口四周蜷缩起来。蜗牛就这般设想着天堂，她说，上帝的花园，里面住着建造与维护它的亡灵们。

"生命只与花相伴，"她说，"总在花园里，夏季和冬季。在其中起作用。"

昨天临近傍晚，在我抵达时曾刮起了一阵狂风，而花园里的空气却没有流动。天空呈灰色，光线不明，好像过滤后才落在我们身上。

格温抓住我的手，说，她想给我看些东西。她领我来到花园边缘的一小片树丛旁。在一棵长着奇怪形状蜡黄色树叶的橡树下埋了一块风化的石板。"我的祖父母，"她说，"他们在此出生，在此去世，两人是同一天。"格温跪下，用手拂过石板表面。

我甜蜜的爱人，倘若你在坟墓里

200

在深色的坟墓里安息，
那么我要往下走向你，
在你身旁偎依。

格温用德语朗诵这首诗歌，我开始根本没有记住，请求她重读一遍。

"诗歌是母亲教我们的，"她说，"痛苦与爱，异常美丽。"爷爷、奶奶同一天去世，她又说了一遍，他们如此相亲相爱。葬礼成了一个快乐的节日。我跪下，读起了石碑上的文字。我只能竭力识别上面的名字，出生年月已模糊不清了，去世年份头几个数字是188……

"如果你爷爷奶奶一百多年前去世了，你如何能够见到他们呢？"我说，"你又如何能回忆起他们的葬礼呢？"

格温从我眼皮底下消失了。我只听见树叶的沙沙声，于是起身，走入小树丛。格温在我前面，我有时候看见她在树木间。我追上她，她站住了，靠在围绕这块地的高墙上。她说："我是河谷里的百合花，你是苹果树。"

她笑了，注视我的眼睛，直到我避开她的目光。然后她离开围墙，朝房屋方向走去，胳膊交叉在背后。我与她保持着一段距离。在玫瑰花床旁，她说道，我可以先进屋，她在外面还有事要做。

屋子里依然安静。只能听见小提琴轻微的乐音，始终相同的曲调。我走入厨房，给自己斟了一杯咖啡。音乐声停止，随后又开始，我熟悉的旋律，不知道声音从何处传来。我循着乐声，来到一扇门前。音乐声如此贴近。我叩了叩门，音乐声中止了，一阵安静，然后门打开了。

"我正在等你。"艾米丽说，让我走了进去。

"这是一支什么曲子？"我问道。

"我只是在演奏……"她说，"我想象的曲子。"

她用琴弓指了指沙发。我坐下来。艾米丽再次开始演奏。她神情专注凝重。音乐极美，旋律无形中交融转换，我常常自以为熟悉这段或者那段，却无法回忆起是哪首曲子。然后，艾米丽在一段旋律中间停下来。她说，她找不到结尾，她再也找不到结束，她不得不继续演奏。她演奏只是为了找到结尾。她对此梦寐以求。

"我经过花园。听到这支停不下来的曲子。我熟悉这个旋律，但是找不到结尾。我在花园里寻找。然后我爸爸发现了我。他拿走了我的大衣。我醒来时，我连他也找不到了。"

艾米丽坐在沙发上紧紧靠着我。她向小提琴俯下身，像搂住一个小孩。她的头朝后一扬，仿佛在聆听什么。我问她，她是否从来都没有想过离开这里。她缓慢地摇摇头，说道："我已经扔掉了我的衣服，又怎么能够穿上呢？"

她用一个等不及的姿势放下小提琴。"我们又能去哪儿呢?"

我问她,能不能给我看看她的画作。她摇摇头。

"等你再来的时候吧。"她说。

我说,我现在要走了。

"我不陪你去门口了。"她说罢,与我一块儿站起来。我觉得她想在我脸颊上亲吻一下,而她只在我耳畔嘀咕了几句,把我推向大门。我从房屋中间走过,听见艾米丽再次开始演奏,同样的一曲悲伤旋律,她昨晚和今早都弹奏过,我一直无法识别。

我离开房子,穿过花园。格温不见了踪影。大门锁上了。我从上面翻了过去。再次站在了大街上,我感觉如释重负。我不想等到公交车驶来,直接跑下了山丘。早晨的天空乌云密布,现在又吹起狂风,不停地驱赶天空上的乌云。街边的树木猛烈晃动,好像要脱离地面。看上去东边要下雨。我快步走到山丘底部,一辆白色的旧奔驰车朝我迎面开来。汽车在我身旁停住,肯尼迪医生身体靠在副驾驶座位上,摇下车窗。

"您现在要走吗?"他问,"谁放您出来的?"

他说,我完全可以跟他们住在一起。

我说,我身上什么都没有带,所有的物品都放在了民宿里。他说,他可以开车送我过去,我们去取行李,马上返回。他打开门,我上了车。

回城途中开始下雨。我向肯尼迪医生问起他们花园里的坟墓。他说，他不知道谁埋在那里。他在三十年前买下了这块地皮。这块石碑是在他造房子时发现的。他说他对死者不感兴趣。然后他问我，我最喜欢他哪个女儿。我说她们三位都很漂亮。

"是的，她们都漂亮，"他说，"可是您必须做出决定。我们大家会很高兴的。"

我们驶过充斥着丑陋住宅的居民区。孩子们在街边玩耍。在一个小吃摊前站着几个男人，手握啤酒罐，朝我们这里张望。我问医生，此地是天主教还是福音教居民区。这点无关紧要，他说，悲哀到处都相同。我问他，是否从来没有考虑过搬走。他说他在房子周围建了一堵墙。而且他关心谁走入了花园。他再次问谁放我出来的。他目不转睛地盯住我。

"我从门上爬出去的。"我说。

医生的脸上失去了表情。他显得疲惫不堪，沉默不语，再次注视大街。他在民宿前停好车，说，他在车里等我。

我走入自己的房间，收拾好物品。我思忖着我看到和将要看到的东西。我注视窗外，房子外面是那辆白色奔驰。雨停了，医生下了车，在人行道来回走动。他正在抽烟，显得心神不定。

我收拾好所有的物品，却没有走下楼梯。我站在窗旁，往外张望。医生来回走动。他把烟头扔在街道上，点燃了第二支香烟。有一次，他抬头朝我这里观望，我站在窗帘背后，他肯定看不见我。他等待了半小时，然后登上了他的旧奔驰，开走了。

我想起我认识肯尼迪医生的那天晚上。他走后，我独自坐在桌子旁。我喝了啤酒，等着，我不知道为什么。然后噪声中出现了一段旋律。一位音乐家开始演奏，其他人也加了进来。客人们的交谈声愈来愈轻，最后完全沉默。

音乐声既悲伤又快乐，哀怨，颇有动感，充满力量。乐声填满整个房间，没有停止。更年轻的演奏者，还有儿童，不知道何时收起了他们的乐器，走了。但是其他人继续演奏，新人又加进来，填补了空缺，形成一个圆环。鼓手离开时，他把他的鼓递给了特里，现在他也一道演奏，开始有点害羞，然后越来越自信。在音乐家中，我认出了这位之前与孩子们一道演唱的老者。他演奏小提琴，神情严肃。

我站在民宿的窗前，向外眺望。天空中浮云流动，云朵的外形快速而持续地变化。云团往西跨过岛屿，朝大西洋方向飘去。我久久地站立，想起音乐、那个老者以及他给孩子们唱的歌。他们一定在提问，回答。始终如一。

## 试　验

我在一座篮球场上认识了克里斯，在远处的曼哈顿上城。总有来自这个地区的青少年在此打球。来的人，想要玩，就一块儿打球，直到筋疲力尽。克里斯是我每次在那儿遇见的唯一的白人。如果他想玩，他都要组好队，计比分。若有人持球过久，他还会大声呼喊。

我要是累了，就坐到篮球场边的树荫下，观察其他人。有一回克里斯坐在我身旁，问我是不是住在附近。我们聊了一会儿，相处得不错。我告诉他，我正在找一个房间，他向我建议，搬到他那儿去住。他刚与女友分手，正在寻找一位合租者。

我们同住了一段时间，却不经常见面。然后克里斯在一次大学聚会上又恋爱了。当天晚上他就告诉了我。我已入睡了。他叫醒我时，已是子夜时分。

"真好！"我说，"我现在还能继续睡在这儿吗？"

"一位印度女孩，约茨兰。她长了一头最美的黑发，你能想象，那双眼睛……"

之后的夜晚,我们谈论女人和爱情。克里斯热情地讲起了印度女友约茨兰,也许是我受到了刺激,于是我强调,真正的爱情应该不是肉体的。肉欲将玷污一切,摧毁理想的精神之爱。

"真正的爱情应该保护起来,"我说,"但绝不能兑现。你可以维持其他关系,甚至可以与别的女人同居。"

克里斯默默地倾听。他在后续几周里陷入了沉思。他不再提及约茨兰,偶尔与她约会,在这些夜晚回家都比较迟。秋天来临,我决定搬往芝加哥。克里斯帮助我收拾物品,送我去火车站。

"你的印度女友还好吗?"我问道。

"我们相爱了,她搬到我这儿住了。她与她父母亲闹不愉快。不过你住的房间眼下还空着。"

"祝你幸福。"我说道,答应明年春天来拜访他。

我到芝加哥与一对年轻夫妇住在城南一套大型公寓内。妻子是舞蹈演员,丈夫做摄影师。他来自巴西,两人必须结婚,男人才能留在美国。他是男同性恋,第一天晚上女舞者马上解释,他们真心相爱,也许比其他夫妇更甚,因为他们彼此没有任何期待。星期天早上他有时候会上她的床,然后他就像小孩子那样。

冬天非常冷,但是我们的公寓明亮舒适。纳尔逊,摄影师的男友几乎每天晚上都来。如果两个人走入卧室,女舞蹈演员都会大笑,然后把音乐声调得更响了。我们每个人都为自己生活,有时候晚上一块儿做饭,听听肖邦和拉威尔的钢琴音乐。星期天早上,我们有时三人或者四人并排躺在女舞者的大床上,品茶,观看电视连续剧《星际迷航》。

次年春天,我要去纽约待两周,于是我致电克里斯。他说,我可以住在他们那儿,与他和约茨兰住在一起。

我抵达纽约时,夜幕已经降临。"可惜,"他说,"约茨兰在一个朋友那儿过夜。明天你就能见到她。"

我们做饭,聊起去年夏天。我讲述了我在芝加哥的时光、我的房东以及城市里的寒风。我们在一块儿洗盘子,他突然说:"我和约茨兰……我俩没有做过爱。"

我不知道我该说什么。克里斯从冰箱里取了两罐啤酒,我们坐在起居室。他只打开写字台旁的一盏小阅读灯,房间里到处是一堆堆图书。

"我们深爱着对方,"他说,"我恐怕从来没有这么爱过一个女孩。但是我们没有做过爱。"

"你们住得这么近……"

克里斯站起来,快步走向几乎笼罩在昏暗中的书架,朝我转过身。

"我们睡在同一张床上。我们没有任何身体接触。这是一种试验。"

我们沉默了。克里斯继续说着,我从他脸上只看到了含糊的表情。

"是你让我想到了这个主意。只有这样,人们才能从日常和习惯中拯救爱情。"

"这是一种思维试验。我从来没有相信过。我的天哪!真疯狂。"

"然而,"克里斯说,"很有效。我们像第一天那样深爱着对方。"

次日早晨我见到了约茨兰。她多半是在我睡觉时才回到家里的。她刚刚洗好澡,穿了一件短短的浴袍,像克里斯说的那般漂亮。她坐在餐桌旁看书。我做了自我介绍。

"克里斯去学校了,"约茨兰说,"咖啡煮好了。"

我坐在她对面,她没有多说话,只是审视我。我们喝了咖啡。然后约茨兰走进卧室。我离开了公寓,前往市中心。

我非常理解约茨兰。她常常不在大学。我们有些天去附近的公园散步,谈论各种可能的事情。有时候她挽住我胳膊,谈到克里斯以及她对他反感的事情。他特别固执,一个学究,对所有事情都那么认真。

"他是一个理论家,"她说,"一个理性的人。我完全不同,我是一个感性的人。"

次日早晨我正在刮胡子,约茨兰走进浴室。她背对我脱掉衣服。我在镜中观察她,看到她赤裸的背部,非常宽大的肩膀,高高束起头发,纤细的脖子。她转过身,我们的目光在镜中相遇。约茨兰笑了,走入老式浴缸,开始淋浴。我快速剃好胡子,但是她从浴帘后面往外看,请求道:"给我拿条手巾,好吗?"

她从我手中接过手巾,走出浴缸,擦干自己。

"印度肯定是一个美丽的国度。"我说。她笑了,从窗槛上拿出一大瓶露比利登身体乳,开始涂抹身体。

我走到门口,她没有停止与我说话。我看着我的手,看着天花板,不知道往哪里看。然后约茨兰把湿毛巾扔给我。她现在沉默了,我坐到抽水马桶上打量她。她涂抹胳膊、乳房、肚子和大腿,又坐在浴缸的边缘,仔细给双脚涂抹,甚至涂到每个脚趾。

"你可以帮我抹一下背吗?"她问道,然后走到我跟前,把瓶子塞到我手上,转过身。我站起来,开始涂抹她的脖子、肩膀、脊背、腰髋部,接着涂抹她的腰、胯和臀部。我观察自己的手多于观察她的身体。约茨兰转过身,我的手继续运动,滑过她的身体,接着被她的双手控制,然后是单手。约茨兰引导着我的手,最后松开了。她撑住洗脸盆,然后闭上眼睛。

肥皂盒跌落到地面，哗啦一声摔碎了，约茨兰笑了，把她的手放在我手上，举起来，吻我的手指。

"你闻起来像我。"

"要是克里斯回来……"

"你要是现在担心，那刚才干吗去了。"

随后我们一道淋浴，我用湿毛巾给她擦干。

"我们一块儿吃饭吧？"我问。

"没空，"她说，"我在十二点约了人。"

下午我去了篮球场，没有人在那里。最近几天经常下雨，沥青球场上铺满了去年秋天的落叶。天黑时分我才回到公寓。克里斯正在做饭。他问我要不要与他一起吃。

"约茨兰在一个朋友那儿过夜。"他说。

"你觉得她怎么样？"

"她非常漂亮。"我说道。我感觉特别尴尬。

这天晚上我们喝了很多啤酒。就像过去那样，克里斯说。

"你和约茨兰还好吗？总有一天，你们中的一个要出事……"

克里斯耸耸肩。

几天以后我比往常更早出城。从早晨开始我就在赶路。下雨了，中午过后雨势更猛，我决定回一趟家。约茨兰不在。我听见了声音，卧室里传来的笑声。我走入厨房煮咖啡。这时克里斯和一个女子走进来。他穿了一条牛仔裤，女子只穿了一件长T恤衫。我们三人喝了咖啡。然后那个女人穿好衣服，走掉了。克里斯请求我别把此事告诉约茨兰。

"你知道大学里的梅格吗？"

"梅格？"我问。

"不是我喜欢的类型，但是非常甜美。约茨兰觉得无法忍受。"

我一下子感到轻松了。

约茨兰这几天表现古怪。克里斯在家时，他俩交换爱恋的目光，但是克里斯几乎没有走多久，她便来到我跟前，拥抱我，让我拥抱她。

一再下雨，整天下午雨都下个不停。我们并排待在我床上。我仰面躺着，约茨兰向下趴着。我们分享着一罐啤酒。我用冰凉的罐体碰到了约茨兰裸露的肩胛骨，沿着她的脊椎滑下。她翻过身子，从我手中夺走啤酒罐，放在她肚子上。

"你能够设想在芝加哥生活吗？"我问道。

"不，"她说，"芝加哥太冷了。"

"纽约也很冷。"

"另外我还在这里读大学。"

"我可以再次返回纽约。"

"不。"约茨兰生气地说道。她把啤酒罐塞回我手上,起身走入浴室。

"我爱你。"我在她身后喊道。我觉得可笑。

约茨兰没有回答。我听到她淋浴的声音,稍后离开了公寓。

在纽约的最后一晚,我为克里斯和约茨兰做饭。在准备咖啡时,我说:"我爱约茨兰。"

克里斯微笑着注视我。

"你疯啦。"约茨兰说。

"我们上过床了。"我说着,没有看她。克里斯叹了一口气,耸耸肩。约茨兰想抓起他的手。然后她双手交叉,往椅子上一靠。

"肥皂盒。"克里斯说,摇了摇头。

"克里斯与梅格……"我说。

"梅格?"约茨兰说,讥讽地笑起来。

克里斯尴尬地举起手,然后又再次放下。

"我的天哪!"他说,"我也是人啊!"

"你们到底怎么啦?"我说道,非常气愤,"我爱约茨兰。"

约茨兰喝了咖啡,说道:"两个身体彼此冲撞,再度分开。"

"这是你的主意,"克里斯说,"一个人不应该与他真正爱着的女人上床。我们为此考虑了很久。这方法奏效了。只是大家都会爱上约茨兰。"

"一旦我与一个男人上床,他总是立即觉得我想嫁给他,"她说,"克里斯让事情变得简单得多。女人并没有那么情绪化。"

我没有仔细听,只是说:"约茨兰,我爱你!"

她把手放在我胳膊上。

"我喜欢你,"她说,"你与克里斯不同,非常浪漫。"

"约茨兰有点爱上你了,"克里斯说,"所以我向她建议,跟你上床。给爱画上句号。"

# 吻

她向父亲建议去巴塞尔接他。我能行，完全没必要，他说。他不是小孩，也不是头一次独自上路。她想不起他曾单独旅行过。她请人在火车站抄录了列车时刻，寄给父亲一份旅行计划：在法兰克福和巴塞尔转车，十二点四十八分你就能到了。我要是还没来，你就在火车站餐厅等等，我随后就赶到。

你要乘坐卧铺，她叮嘱。她曾坐卧铺去瑞士旅行。但是这对老年人不算什么，对他也不算什么，这话她没有讲。她讲过：其他的你也付不起。你要是过来，就睡我那儿，可以节省房费。

自从她还是婴儿起，父亲就没有与她同睡过一个房间。因为他们只有三个房间和一只瓦斯炉。晚上梅特起床，给孩子喂奶。他假装睡着了。怎么能把小孩叫作英格呢？她长大时，他对此也习惯了。但是婴儿就叫英格。他给她想了上百个名字，唯独没有英格。

假如她不是偶尔回家，他们根本无法相见。为了参加母亲的葬礼她回过家，在圣诞节后，适逢老板娘把饭店关了两周，到埃及去度假。为什么他从来不去看望她呢？她肯定邀请过他：你来玩吧！你眼下有空啊！她最好还是回家吧，他坚持。为了看你，我才回来。而且她在等待期间，他说，你不必为我过来。他张开嘴，却没有说话。

他从未独自出过门。他年纪轻轻就结婚了，之前没钱旅行，之后确实也没有钱。那时人们待在日常生活的场所，后来才去度假，意大利或者西班牙。孩子们渐渐长大，不喜欢同行，他与梅特一道旅游。他们畅游过一次多瑙河，还有一次参观了纽伦堡的圣诞市场。梅特去世后，他哪里都没去过。

其间，他连火车站都感觉陌生。哥本哈根出发的夜车只是短暂停车。他是唯一登车的人。乘务员问他去哪儿，要查验他的车票，方才让他上车。然后乘务员突然客气起来。我什么时候能叫醒您？您有什么需求吗？咖啡、啤酒、三明治？他不饿。他太早赶到火车站，吃了一份热狗。他有些紧张，走入餐车。乘务员用钥匙锁好包厢。

第三次旅行时，英格就弄清楚了所有的流程。她挑选了上铺。上铺比下铺更热，但也更安全。她与两个去看足球赛的年轻小伙子、一位穿着便服的女子共享包厢。三人从哥本哈根开始就在列车上。男子站在过道上喝酒、抽烟。而她次日早晨才认识包厢里的女士，大概与她妈妈年龄相仿。

他喝了一杯啤酒，然后又喝了一杯。在一张餐桌旁坐了几位年轻人。他们去法兰克福参加博览会，兴致颇高。他想起锁在包厢里的行李。他携带了咖喱鲱鱼、调味蛋黄酱和盐甘草糖。他知道英格喜欢什么。她离家时，梅特生病了。妈妈生病了，其他话他没有多说。英格沉默不语，乘车离去。

妈妈生病了，仿佛是一个留下也是离开的理由。他与英格交谈时，只称梅特为妈妈。走，给妈妈道个歉。妈妈身体不太好，妈妈生病了。有时候英格想简单叫她梅特，就像爸爸那样叫，即使表兄弟、表姐妹也那么称呼她。然而，她没那么做。她不想引起争执。母亲去世后，一切都变了。只是他没有发现。

他摇摇晃晃地走过狭窄的车厢过道。是第三个或第四个包厢？回去的路总是更短，他们星期天散步时，他常常对英格这样说。回去的路总是更短。而英格不想回去，英格想继续前行。

她每天都见到火车，听见火车的轰隆声，驶往南方，消失在隧道里。她要在意大利找一个地方。一个房间和一份符合当地水准的工资。她有兴趣认识人，除了她给他们讲的故事之外，这些人不想知道她的任何事。她不去想欧登塞，不去想房子和家庭，也不去想他们如何闲坐在那儿，谈论往昔的时光，一再讲述相同的故事。她想继续前行，不回头。爸爸说过，一切总归要回来。爸爸问，给她捎些什么。不要。这里啥都能买到。甘草呢？要是你喜欢。调味蛋黄酱呢？这里啥都能买到。鲱鱼呢？她沉默了。你要什么呢，她一边念叨着，一边想道，我缺的东西，就算我一直缺什么东西，那也不会是甘草。可她不想争吵。人一旦争吵，就会陷入依赖。人必须不再提出任何要求，才能真正独立。甚至仅仅不被打搅也不行。你要什么呢，她念叨着。她说，要带上一双结实的鞋子，我们远足去。

这句话他总挂在嘴边：我们远足去。英格不想随行。她想看电视，坐在家里，消磨星期天的时光。你适合运动，你可以去学校坐着。但是她想在家里度过漫长的星期天。有时候他羡慕她，她在这幢房子里感觉幸福。他从来不喜欢待在家里，而又从没有走开。

十二点四十八分，她还在餐厅。到了中午她每隔几分钟便看看手表。你怎么还不出门呢？老板娘问。虽然去火车站连五分钟都不需要，但是这里的火车都准点到达。马上出发，她说，他肯定还没有走进车站餐厅。他想在站台上等候她，不愿意坐在一条长椅上。他想站在他的行李箱旁，评论她的不准时。他也许根本没发现，她特意迟到。也许她就是想争吵。

他站在行李箱旁。他带了一本书，本来可以坐下阅读，但是他气恼她不准时。他想发火。他一激动，总发火。他们三个月来没有见过面。

三个月。十分钟算什么？其实是十二分钟。她拥抱了他。葬礼结束后，他们总是互相拥抱。事情就是这样。她喜欢被触摸。她和老板娘并排站在柜台旁，老板娘的手绕住她的腰。她走到餐桌旁，偶尔掠过男人的手。她也抚摸她自己。但是拥抱父亲，让她觉得不舒服。她为他感到难过，可这也让她觉得不舒服。

你就生活在这里吗？出发前他已想好如何提问。而且还要用充满责备的声调。问题是：你为什么不回家呢？山谷昏暗，村庄丑陋，汽车噪声不绝于耳。他惊奇他所有的指责都得到了验证。他没有提问。显然人们在这里无法生活。此处是一个盆地，一个漏斗，通往一条隧道。十七公里，英格说，那一侧是另一种天气，讲另一种的语言，另一个世界。那边是南方，这里是北方。人们也可以驾车越过山口。火车要穿越许多条隧道才能开来这里。所有隧道口的外观都一模一样。隧道的长度，乘客只有从另一端出来才知道。

他礼貌地问候老板娘，留下了一个好印象，这是他欠英格的。一个真正的绅士。他多大年纪啦？什么职业？他的德语讲得真好。他退休了，英格说。

她带他去她的房间，然后又去了餐厅。如果你也想去——但她知道，他不会下楼。即便这样，每次有人进来，她都朝门口望去。直到她忙完工作去接他，在那之前他都会待在房间里。整个下午她都在思念父亲。她六点钟下班，外面天色暗下来。她慢慢走上楼梯，她不着急。她好像觉得他突然面带微笑，坐在楼上，在一个狭小昏暗的房间里等候。老板娘让她早点走。但英格不想这样。父亲应该看到，她有工作，过着自己的生活，她没有等他。

他在等她，坐在房间中央，仿佛整个下午都没有挪动过位置。他准备好了。他女儿有必要在这里工作，在这里服务。她也接受过培训，有一份职业。如果为了钱。它适合我。如果它不适合你呢。他觉得，整座村庄都是一个狭窄昏暗的房间。你何时回家呢？就我所知，我不会回去。

我们可以去提挈诺州，她说，在南方。为什么呢？因为那里风景优美。这是理由吗？她不知道。她自己也没有去过那儿。她脱掉衬衣，穿上黑裙，在洗脸盆旁洗漱。她是不是与妈妈一样。几乎没有她小时候的照片。你有了文身？他打量着她。没有。她笑了，走到父亲跟前。可以洗掉。那就洗掉。小孩的东西。你为什么弄这个图案呢？一朵玫瑰。在火车站书报亭买的。她买了一些甜品。这里没有盐甘草糖，却有其他东西。我们去吃饭吧？她问。你对什么感兴趣呢？他无所谓。他问，你的厨艺是否还行。还行，她说。但是我们去外面吃饭吧。明天我们外出吗？对，去远足。

她在房间里摆放了一张行军床，父亲过来时，她就睡在上面。她没有睡好。她听见他大声呼吸，来回翻身。她起床上厕所时，走到窗前。他睡着了，他看上去更苍老了，好像还醒着。她看到的不是父亲，她看到的是一个老头，一具老男人枯槁的身体，让她感觉特别陌生。她无法想象,她与这个男人存在着某种联系。

他比她早起两小时,坐到桌子旁,阅读。他起床时,她就醒了,但她装睡。在她做早班的那些日子,她五点半就起床了。六点半打开饭店的大门。然后邮政巴士的司机站在门口,他总到丹麦度假,会说几句丹麦语。你好,你还好吗?我叫阿洛伊斯,我爱你。他笑了,她也笑了,她纠正他的发音。我爱你,我爱你,我爱你。反反复复,直到他说对为止。然后他阅读报纸,她把烟灰缸摆到每张桌子上。

父亲站在行军床旁。我休息的时候,她说道,转过身子,然后爬起来,我们可以到任何地方去。但是他想去远足。雨停了。要是又下雨呢?他觉得无所谓。

她跟他讲起鬼桥的故事。他一言不发,呼吸沉重。道路狭窄而陡峭。他走路时,脚步不踏实。她想休息,父亲却催着继续前行。她这才发现他害怕了。

他们横穿一道斜坡。他觉得好像大地翻转了过来。一切都是倾斜的,不可靠的。没有办法站稳,也没有地方停歇。碎石从他的脚底滑落。这条路非常好走,哪怕是对一个丹麦人来说。什么原因让你不喜欢丹麦呢?这点令他生气。这些走掉的人,没有给他们祖国留下任何好东西。你喜欢在这里生活吗?在这个洞穴里吗?她摇摇头。别这么咄咄逼人。

她继续走，父亲默默跟随她。临近中午，狭窄的山谷里并没有更加明亮。在鬼桥上停了一辆俄罗斯巴士。我们可以在马路上走过最后一段。为什么呢？如果你觉得在碎石上行走有些费劲……他没有费劲。你没有费劲，是吧？你无所不能，你无所不知，你从不犯错。他当然犯错。比如呢？来这儿，就是个错误。如果你想乘车……他没有回答，他跟随她前行，沿着公路，尽管没有任何车辆驶过。

她不想争吵。她就想与父亲待在一起，像小时候那样。他爱她爱得发狂，妈妈常常提起这些，但只会在他听不见的时候才说。一旦人开口说话，一切就都结束了。他停下来。她回头看，发现他站在马路边。她知道自己已经比他强壮太多。

夜晚，她再次站在他床前。然后坐在他旁边，小心翼翼，免得吵醒他。睡觉时他背朝她。他把一只手放在她胯部，她就这样安静地躺在他身旁，父亲更安静地入睡了。然后她又躺倒在行军床上。次日早晨她问父亲，他有没有做梦。他说，他从不做梦。她说，所有人都做梦。

天晴了。我们干什么呢？我们可以乘火车旅行，然后……他想再走一趟峡谷。为什么？我们昨天就在那儿。为什么不呢？这次他走在前面。他现在好像感觉更确定了。有时候爬坡可以看见铁路线，还有一次路前方出现一座公路高架桥。在那儿能靠近深渊，俯视下方。

英格！他喊道。别靠那么近。他以前没有上过山，无法设想山区的情况。在他熟悉的画面上，只能朝远处眺望，地平线，小比例。亚欧板块与非洲板块的挤压，形成了阿尔卑斯山。你不需要向我解释阿尔卑斯山的成因。你不属于此地。我要是找到一位意中人，再结婚呢？这是你的生活，对吧？他考虑了一下。你在这儿有朋友吗？你有男朋友吗？为什么没有呢？

为什么没有呢？她若有所思。她不想找男朋友。平常随意的触摸就令她满足了。她不想待在这儿。要不是因为那些隧道，她可能早就跑了。每小时都有一班火车驶往南方。总有一天她会登上其中一列火车。你如果愿意，她说，我们明天坐车去提挈诺。

他们快要抵达目的地了，他们并排走在自行车车道上。他讲了几句话。你小时候曾经用晾衣夹把一块纸板固定在你的自行车上，卡在轮辐里，像摩托车嗒嗒作响。你那么自豪，玩得停不下来。我惩罚了你。事后我感到非常抱歉。她可能回忆不起来了。不只是这一次。也许我也为难？而你还是一个孩子。你怎么看待这点呢？他沉默了。其实她完全不想知道他的看法。与他同行，她就满足了。

他像他父亲那样犯了同样的错误。他如今才发现这点。人人都犯错误。谈论和考虑这些毫无意义。她忘记了，他应该也忘记了。他不知道，他为什么恰好在现在思考这些。

你不累吗？他们比前天走得更远。此地平坦，道路穿过一座牧场。他们赶往下一座村庄，路上下起了雨。马路旁有一座孤零零的加油站，他们到那里避雨。这里的天气变化极快，英格说。有时候夏天也下雪。你不觉得冷吗？一辆客货两用车在加油站旁停好，走出一个男人。后座上坐着三个小孩。一个孩子在擦拭蒙了水汽的车窗。他盯着英格，朝她吐舌头。男子加完油，上车开走了。

英格小时候不受欢迎，她也没弄明白什么原因。她竭力想认识些朋友，可并不多。你自以为了不起，父亲说。你总想引起所有人的注意。有时候你惹得我冒火。英格始终认为他才是牺牲品。她说，人长大真好。因为可以不被打搅。因为可以不向任何人解释。给我讲讲妈妈。你们结婚那阵子，她的情况怎样。好的，他说道。

邮政巴士司机看到了英格，停下车，问道，你要不要搭车？这是我爸爸，这是阿洛伊斯。他们乘车一直抵达了山口。巴士在那里停了二十分钟。阿洛伊斯在英格和她爸爸那儿试讲了几句丹麦话。他说，你好，你好吗？我叫阿洛伊斯。我想喝一杯咖啡。然后讲他的母语：你们不想一道去艾罗洛？英格摇摇头。下一次吧，也许明天。

224

她抓起爸爸的手,他们并排穿过雨幕跑向寄宿处。山上很冷。他只穿了一件衬衫。你没有被冻着吧?来,我们喝杯茶。回去的路上他开始咳嗽。他不想披上女儿的夹克衫,她只好把夹克搭在父亲的肩头。她的胳膊也在父亲肩上搭了一会儿。

晚上他发烧了。她想把手放在他额头,他却别过头。没什么。他们在楼下餐馆吃饭。他没胃口。他在女儿的前面上楼,摇摇摆摆,好像喝醉了。他此时睡了,她坐在桌旁,阅读一本父亲带来的杂志。她想象,他是小孩,而她是母亲。他生病了。她走到他床前,将手放在他的额头上。他显得无助。他能做什么呢?她想象,倘若他在家生病了,没人在身边照顾。她看见他穿着睡衣经过房间。他在浴室里呕吐,他把自己洗干净。他走入厨房,煮茶。他没有开灯,他知道东西在哪儿。英格熄了床头灯,上床躺在他身边。她久久地躺在那儿,然后温柔地亲吻了他的嘴唇。此刻她打算原谅他的一切。

他醒来时,她睡着了。在他身边发现她,他并不奇怪。他拿起她搁在被子上的手。在户外射进来的微弱光线下,他只能朦胧地看见她的脸。他久久凝视她。她与她的母亲长得一模一样。但那是很久以前了。也许他只是想象,也许他只在做梦。他再次醒来时,晨曦初现。英格站在洗脸盆旁。她没有躺在他身边,他感到高兴。他也不知道说什么。英格?他说道。她向他转过身。你感觉好些吗?

好多了。他说道,露出了微笑。如果你也想去,那我们去南方吧。

他比往常说话更轻声,她几乎没有听明白。她洗漱时听见他起床。他走到窗户前,打开窗户。冷空气钻了进来。她不知道,为什么恰好在现在,她才不由得第一次思考他的死亡。

**短经典精选系列**

走在蓝色的田野上
〔爱尔兰〕克莱尔·吉根 著 马爱农 译

爱,始于冬季
〔英〕西蒙·范·布伊 著 刘文韵 译

爱情半夜餐
〔法〕米歇尔·图尼埃 著 姚梦颖 译

隐秘的幸福
〔巴西〕克拉丽丝·李斯佩克朵 著 闵雪飞 译

雨后
〔爱尔兰〕威廉·特雷弗 著 管舒宁 译

闯入者
〔日〕安部公房 著 伏怡琳 译

星期天
〔法〕伊莱娜·内米洛夫斯基 著 黄荭 译

二十一个故事
〔英〕格雷厄姆·格林 著 李晨 张颖 译

我们飞
〔瑞士〕彼得·施塔姆 著 苏晓琴 译

时光匆匆老去
〔意〕安东尼奥·塔布齐 著 沈萼梅 译

不中用的狗
〔德〕海因里希·伯尔 著 刁承俊 译

俄罗斯套娃
〔阿根廷〕比奥伊·卡萨雷斯 著 魏然 译

避暑
〔智利〕何塞·多诺索 著 赵德明 译

四先生
〔葡〕贡萨洛·曼努埃尔·塔瓦雷斯 著 金文彰 译

房间里的阿尔及尔女人
〔阿尔及利亚〕阿西娅·吉巴尔 著 黄旭颖 译

**拳头**
〔意〕彼得罗·格罗西 著 陈英 译

**烧船**
〔日〕宫本辉 著 信誉 译

**吃鸟的女孩**
〔阿根廷〕萨曼塔·施维伯林 著 姚云青 译

**幻之光**
〔日〕宫本辉 著 林青华 译

**家庭纽带**
〔巴西〕克拉丽丝·李斯佩克朵 著 闵雪飞 译

**绕颈之物**
〔尼日利亚〕奇玛曼达·恩戈兹·阿迪契 著 文敏 译

**迷宫**
〔俄罗斯〕柳德米拉·彼得鲁舍夫斯卡娅 著 路雪莹 译

**奇山飘香**
〔美〕罗伯特·奥伦·巴特勒 著 胡向华 译

**大象**
〔波兰〕斯瓦沃米尔·姆罗热克 著 茅银辉 易丽君 译

**诗人继续沉默**
〔以色列〕亚伯拉罕·耶霍舒亚 著 张洪凌 汪晓涛 译

**狂野之夜:关于爱伦·坡、狄金森、马克·吐温、詹姆斯和海明威最后时日的故事(修订本)**
〔美〕乔伊斯·卡罗尔·欧茨 著 樊维娜 译

**父亲的眼泪**
〔美〕约翰·厄普代克 著 陈新宇 译

**回忆,扑克牌**
〔日〕向田邦子 著 姚东敏 译

**摸彩**
〔美〕雪莉·杰克逊 著 孙仲旭 译

**山区光棍**
〔爱尔兰〕威廉·特雷弗 著 马爱农 译

**格来利斯的遗产**
〔爱尔兰〕威廉·特雷弗 著 杨凌峰 译

终场故事集
〔爱尔兰〕威廉·特雷弗 著 杨凌峰 译

令人反感的幸福
〔阿根廷〕吉列尔莫·马丁内斯 著 施杰 译

炽焰燃烧
〔美〕罗恩·拉什 著 姚人杰 译

美好的事物无法久存
〔美〕罗恩·拉什 著 周嘉宁 译

魔桶
〔美〕伯纳德·马拉默德 著 吕俊 译

当我们不再理解世界
〔智利〕本哈明·拉巴图特 著 施杰 译

海米的公牛
〔美〕拉尔夫·艾里森 著 张军 译

对不起,我在找陌生人
〔英〕缪丽尔·斯帕克 著 李静 译

爱因斯坦的怪兽
〔英〕马丁·艾米斯 著 肖一之 译

基顿小姐和其他野兽
〔安道尔〕特蕾莎·科隆 著 陈超慧 译

在陌生的花园里
〔瑞士〕彼得·施塔姆 著 陈巍 译